有爱的青春陪伴者

图书在版编目(CIP)数据

早安午安晚安 / 任尔东西著. —石家庄：花山文艺出版社，2019.5
ISBN 978-7-5511-4612-8
Ⅰ.①早…Ⅱ.①任…Ⅲ.①长篇小说－中国－当代Ⅳ.①I247.5
中国版本图书馆CIP数据核字(2019)第082220号

书　　名	早安午安晚安
著　　者	任尔东西
策　　划	张采鑫
责任编辑	郝卫国
特约编辑	廖晓霞
美术编辑	胡彤亮
责任校对	齐　欣
封面设计	刘　艳
内文设计	cain酱
封面绘制	高梦雪
出版发行	花山文艺出版社（邮政编码：050061）
	（河北省石家庄市友谊北大街330号）
销售热线	0311-88643221/29/35/26
传　　真	0311-88643225
印　　刷	湖南凌宇纸品有限公司
经　　销	新华书店
开　　本	889×1194　1/32
印　　张	8.5
字　　数	180千字
版　　次	2019年7月第1版
	2019年7月第1次印刷
书　　号	ISBN 978-7-5511-4612-8
定　　价	35.80元

（版权所有　翻印必究·印装有误　负责调换）

目 录
contents

003/ 第一章
千古怪事多初见

025/ 第二章
每个女孩儿都有梦

043/ 第三章
少年初识愁滋味

058/ 第四章
可怕的是，直到他远走，
我都不明白，我为什么迷茫与惶惑

079/ 第五章
八年，那是我年少最美的时光

089/ 第六章
奥林匹斯神话之殇

105/ 第七章
你伤害了他

122/ 第八章
原来我们都这么大了

目 录
contents

140/ 第九章
可还相信爱？

160/ 第十章
因为我不是他的谁

177/ 第十一章
南国无风雪

192/ 第十二章
何人在唱桃花扇

212/ 第十三章
山长水远，我要我的少年眉眼如初

232/ 第十四章
答应我，早安午安晚安，平平安安

251/ 番外一
一生一代一双人

257/ 番外二
念河

262/ 番外三
溯之

我多么希望时光能够倒回到那个满是星辰的夜晚,我依偎在那个眉眼冷峻的少年背上睡着,他背着我走啊走啊,我们走过漫漫长夜,走过无边孤寂快到家的时候他喊醒我然后告诉我,楚归晚,你做了一个很长很长的梦。

可是,我知道,人间万事,没有如果。

而那段兵荒马乱的旧时光,早已经消失不见。

早安
午安
晚安
morning

第一章
千古怪事多初见

morning ♥

十二岁的孩子因为见不到心中的白月光而哭泣，那是因为上帝还没有给她看见那片星海。

——晓晓♥

1.

西楚霸王和虞姬美人的故事在我父母这里告一段落。

五岁那一年的冬雪夜里,云城平江的小酒馆里,看完了那一场《霸王别姬》的电影,虞姬拿起了宝剑,利落地自刎于舞台的同时,也一个转身,斩断了我老娘和老爹七年的夫妻情。

我的老母亲虞拉拉是这个云城出了名的标致美人儿。她是被灵秀的云城滋养出来的女人,也是那一代少有的读了书的姑娘家。跟我父亲老楚离婚之后,姥姥总是念叨着说她是书读得多了,有些痴了才想到离婚。在那一代的人心里,离了婚的人就是个半边人,婚丧嫁娶的事儿一律得往后站,就怕给人家添了晦气。可是我母亲又跟人家不一样,离婚三个月之后,她便带着我离开云城轰轰烈烈地嫁给了一个姓沈的伯伯,除了他姓沈以外,对于其他的,我一无所知。

是的,离开云城,在振市居住的那五年,我从来都没有见过那个伯伯。

甚至说,连我的母亲虞拉拉都不曾见过几次。

她是个既代表果决,又显得有些纠结的女人。

既不想剪断与我的母女情,又不愿意我勾起她在云城的那段世俗

生活的回忆。

所以,在她改嫁之后的第三天,她便跟着我的继父飞去了美利坚,而年仅五岁的我,则是被交给了继父的儿子沈溯之。

沈溯之。

这三个字曾经是我年少无知的岁月里的一道白月光。

我娘刚跟他爹远走高飞的那段时间,他特别不爱搭理我。一般像沈溯之这样长得好看的少年性情也特高冷,他的脸一沉下来,我连"想吃饭"这三个字都不敢说,更别说想吃零食了。

那时候,他时常出去练琴,我馋得没有办法,就经常去隔壁的邻居家里蹭吃蹭喝。我隔壁的邻居叫安戈尔,是个眉目清秀的小男孩,长得好看,还贼单纯。那时候我们玩儿石头剪刀布,谁赢谁就吃一块绿豆糕,他特傻,总出"布",我就总出"剪刀",后来他家的绿豆糕就都被我吃光了。

吃完了绿豆糕就是黄豆糕,吃完了黄豆糕就是桂花糕。

他老母亲发现家里的糕点都没有了的时候还一度以为遭贼了,盘问了安戈尔一顿之后,便兴师动众地领着她家的娃前来问罪了。

"你们这……这……总吃甜糕点对娃的身体也不好呀……"她来了之后见我和沈溯之两个是可怜巴巴的留守儿童,原本想要上演的兴师问罪戏码也没上演成,最终发挥伟大的母性,送了我们一盘葱油饼。

那段岁月已经过去得太久了,可是我仍旧记得那一天在安戈尔的老母亲走了之后,沈溯之那微微蹙起的眉头,他把我提溜了起来,直接放在了桌子上。

"你喜欢吃糕点？"他问我。

我那时候年纪小，对于喜欢吃什么，不喜欢吃什么，是丝毫不掩饰。

我弱弱地点了点头。

我原本以为他会训斥我，却见他笑了笑，那眼底竟有无边的愧疚在。他摸了摸我的头，说："以后你要什么就告诉我，我是哥哥，但凡别人家孩子有的，哥哥也都会给晚晚买。"

那是他第一次对我笑。

少年的温柔袒露无遗，阳光落在他的身上，他周身都散发出一股子温暖的气质来，宛若神祇。

我露出缺了两颗大门牙的一排牙齿，也对着他笑。

这一年，我六岁，沈溯之十三岁。

因着这一个笑容，我肖想了他很多很多年。

2.

大约是七岁的时候，我到了上小学的年龄了，我老母亲还是在美利坚漂流着，她一点儿都不关心我，就仿佛从来都没有生过我这个孩子一般，入学手续，从头到尾都是沈溯之一个人去帮我办的。我还记得那一天是个艳阳天，他穿着一件白衬衫，手里面抱着一堆我从出生起就攒着的档案。

他额头上是细细密密的冷汗，那一张原本英俊无比的脸在那一日细碎的阳光下显得更加英朗。

档管大妈第一次见到带着孩子来报到的也是个孩子，觉得颇有些

新鲜，一面新鲜着的同时，也一面拉着沈溯之的手感叹着："可怜这小伙子，生得倒是白白净净的，可年纪轻轻，就要带着个小拖油瓶……"她说着说着，险些开始抹泪。

我那个时候年纪虽小，却也懂得小"拖油瓶"是什么意思了。办完入学手续的那个下午，我刚好下台阶摔了腿，便直接依靠在了他的背上，他背着我，就像是这世上最普通的兄妹一样。

他是沈伯父的第三个儿子。

前两个都被沈伯父送到了美国去，而他，却因为沈伯母生他的时候难产离世，而颇为不受宠爱。

两个被遗弃的人，才最懂得相依偎的滋味儿。

因为只有品尝过孤独，才深知陪伴不易。

"三哥，我是不是你的拖油瓶？"

那一天，他背着我走了很长很长的一段路，我扯了扯他的衣角，问得很是认真。

他却轻轻地笑了笑，回头摸了摸我的脑袋："晚晚不是拖油瓶，三哥很幸运，有晚晚陪着三哥……"

他说那最后一句话的时候，不知为何，我的眼眸湿润了半晌。

那天晚上，我没有在沈家的宅子里面睡，而是从墙边翻了出来，找那个自小就用糕点慰藉我的安戈尔聊了一夜，我摩挲着双手跟他坐在台阶上看星星看月亮。

彼时，他的手里面正拿着一串冰糖葫芦在舔，那心满意足的样子真真是惹人怜爱。

"是不是你又跟那三哥煽情了?"

他颇为冷傲地睥睨了我一眼,继续咬着那冰糖葫芦,寂静的月色下,发出细小的、"咔嚓咔嚓"的声音。

"你能不能别吃了?"我可怜巴巴地看着他。七岁的小女生,还没有进入那个真正愁人的年纪,却也开始希望有一个倾听者。

"你也想吃?"他问。

我摇头:"你都不听我说话。"鼻子一酸,那眼泪险些就要落下来。

安戈尔乜斜了我一眼:"你们小女生可真真是麻烦,还是我们男孩子好……"他一面摇着拨浪鼓似的脑袋,一面叹息着,那神情显而易见,满是轻蔑。

七岁的孩子跟七岁的孩子交谈的话题很明显不会太深奥。

那一晚,我以为,我会跟安戈尔说出我对于沈溯之的那种深深的依赖。

可是,事实上,我却跟他争论了一晚上男孩子与女孩子哪个更好的话题。

从盘古开天,女娲造人一直谈到了父母这一代,我们争论得很是激烈,从一开始的小声讨论到后来的大声辩驳,最终,以我河东狮吼一般的大嗓门而告终。

结局自然是我胜利了。

不过,这事儿似乎给年幼的安戈尔的心灵留下了深深的阴影,此后的十余年,他一碰到嗓门大一些的女孩子就会避之不及,同理可得,遇到万般温柔的小姐姐,却会露出难言的笑意。

3.

三哥是振市附中所有女生心头的朱砂痣。

每次我的小学早早地放了学之后,我就会站在附中的门口安静地等着三哥出来。每到这个时候,就总会出现一个穿着淡青色衣裙的女孩子走过来,她的笑容很明朗,长得就像是电视上面的新疆姑娘,皮肤白皙,那一双眼睛格外有灵性,眉眼弯弯的样子像极了三哥逝去的母亲。

"老夫掐指一算,这小姐姐一笑倾人城,再笑倾人国,是你三嫂的命啊!"每当这个时候,安戈尔都会贱兮兮地拍拍我的肩膀,在我还没有挥舞拳头之前,一溜烟消失在了茫茫人海之中,宛若一个智障蹿天猴。

她叫苏城。

美得扎眼,即使穿着一件皱巴巴的校服,扎着一个普普通通的马尾辫,也是校园中最亮丽的那一道风景线。

很早以前,我就在三哥的日记里面看过这个名字。苏城的苏,苏城的城,一笔一笔都被三哥写在笔记本封面的那个红心心上。

当一个少年反反复复在一张纸上写满一个姑娘的名字的时候,我想,他一定是爱惨了那个姑娘的。三哥喜欢苏城,这是个秘密,所以只有我知道,而苏城并不知道。

"哈喽!晚晚!"

金灿灿的阳光落在校园里,透过大槐树的叶子,留下了万分斑驳

的光影。

苏城每次见到我都会这样子亲昵地叫我。一开始我很不适应，但是后来，我便渐渐习惯了。三哥是振市附中的风云人物，他优秀得发光，因此总是会被老师给留下来帮忙，每次这个时候，苏城便会陪着我走一段路。

苏城是个很有意思的人，她一路上会跟我讲很多很多的话，可是说得最多的就是："晚晚，你知道吗，今天又有女孩子给你哥哥送信了，他没有拒绝……"

她每次说这话的时候，那眼角都是低垂的。

明显是属于少女的失落。

每次她这么一说，我的内心就会充斥着两股冲突的力量。

一个白胖白胖的带翅膀的小家伙就会疯狂地用它的箭射我的脑袋，并且义愤填膺地对我说：你看看，人家美丽可人的小姐姐都这样难过了，你竟然不告诉她那些信都被你拿去生火了！

还有一个长着两个角的红黑红黑的丑家伙会拿着一个大叉子在我的脑袋上戳戳戳，一面戳一面恨铁不成钢道：你是不是傻，是不是傻？

每次这个时候，我就会显得很苦恼，而苏城便会以为是她的话让我厌烦了。每当我显露出苦恼的表情时，她都会从包里面拿出一根棒棒糖给我，小心翼翼地说："是我不好，是我不好，晚晚，我不该跟你说这些的。"

是的，她还拿我当个孩子。

4.

振市的风光很好，安戈尔时常说我匪气重，在这片土地上有三哥护着，我就像是个小霸王一样，天不怕地不怕。可是没有人知道，在午夜梦回的时候，我也会对着窗外的萤火虫发呆，想老楚，想老虞，想念云城的那一方水土，想着想着，就会红了眼。

也许是命运吧。

十二岁那一年，老楚来找我了。

也许是因为老楚跟老虞天生就不适合在一起吧，离开了我的老母亲虞拉拉之后，他顿时从一个穷苦迷惘的中年老男人变成了事业有成的黄金单身汉。

发迹之后的第一件事情就是来带走我。

我是在学校门口见到的老楚。那时候，他穿着一件厚厚的西装，头发梳得黑亮黑亮的，那一张原本经历了岁月风霜磨砺的脸上竟是连褶子都消失了，就像是被熨斗熨过一样，平整光滑得可怕。

他见到我之后，先是露出了一个笑容来。

"小晚……"他叫了我一声，原本扯出来的那个儒雅的笑容却在顷刻之间消失，只见他喉结滚动了一下，下一刻，便将脑袋埋在了我的校服帽子里面，发出了一声沉重的悲鸣。

我能够清晰地感觉到这来自我老父亲的颤抖。同样，也能够清晰地感觉到来自我自己的颤抖。

七年了，我是真的想念老楚，然而，那一天，我却推开了老楚的手，垂着头向着站在不远处、静静地看着我的三哥飞奔了过去。

"晚晚,没事儿,三哥带你回家……"他对我扯出了一个极为勉强的笑意来。

十七岁的少年,拉着十二岁的少女,走在那一条明明不是很长的回家路上,走了整整五个小时。

从傍晚走到天黑,明明是半日的光景,却像是花光了一辈子的光阴。

那是第一次,他陪着我坐在安戈尔家的屋顶上,看了很久很久的月亮。

"你以前经常跟安戈尔在这里看月亮吗?"月色下,他露出洁白的牙齿,笑的时候宛若神祇,他说,"你们以前看月亮的时候都聊些什么啊?"

我的手死死地攥着他的衣角,鼻子酸得厉害,却装作什么都没有发生一样。我说:"聊班里面有意思的男孩子、女孩子,聊好玩的虫子、游戏……还有……"还有,聊你……这话,我始终都没有说出口。

年少的感情,深埋于心底。

那时候,我还不知道,有些话不说出口,也许就是一辈子要闷在心底了。

那时候,我也不知道,有些人,陪你走过一段年少时光,待到千帆过尽之时,却终会成为仇人。

那一天,我唯一不后悔的就是,在安戈尔家的屋顶上,我拥抱了他。那时候我的心里没有把他当作三哥,只是把他当作沈溯之。我眨巴着一双已经通红的大眼睛看着他,我问他:"下次再见,我可以抱抱你吗?"

他笑了笑。

那是我有生以来第一次见三哥湿了眼眶。

还是那般的平静隐忍，他说："自然可以，三哥永远是晚晚的三哥……"

是的，三哥永远是晚晚的三哥，可晚晚不一定是三哥的晚晚。

那时候年纪小，以为三哥偶然的一次湿了眼眶便是对自己的不舍，可是，当很多年以后，我看到他为了那个人疯，为了那个人伤的时候，我才明白，亲情与爱情是真的有天壤之别的。

我最终还是被老楚带回了云城。

走的那一天，三哥来送我，在我的手腕上挂了一个星星的手链。那手链是淡紫色的，很是好看。他对着我笑，说："我的晚晚就要长大了，可是不管走到哪里，我的晚晚定是会有一片灿烂的星光护着……"

那时候，我不懂什么是"灿烂的星光"，只觉得是前方一片坦途的意思，除了这个以外，别的，我倒是不知道了，只知道，我的白月光就这样彻彻底底地消失了。

那一天，我坐在老楚的车上，哭了个天昏地暗。

十二岁的孩子，因为失去了白月光而哭泣，那是因为，她还没有遇到那片星海。

5.

我回到云城的时候，才十二岁，刚刚好是初一结束，上初二的年龄。

云城虽是座小城，但是在省考的压力之下，却有着厚积薄发的本事，

云城的明川高中则年年都为振南和景大这两所国内最好的大学输送人才。在老楚的淫威之下,那一年的暑假过后,我便直接去了明川高中旁边的云师附中。那一年,楚来早刚好也上初二,于是乎,我们两姐妹便搭了个伴,时常一起蹦蹦跳跳去上课。

楚来早是我的妹妹。

十二岁这一年,我才知道自己有这个妹妹。老楚说,她是他从福利院领养回来的孩子。那时我被我的老母亲虞拉拉带走了,虽然他一直没敢来看我,暗地里却一直跟虞拉拉较劲儿,他知道在他功成名就之前虞拉拉是不会让我认他这个爹的,于是乎,他在万分悲愤之下,便去福利院领养了一个孩子。

那个孩子,就是楚来早。

楚来早的眼睛长得像我。

这是老楚告诉我的。我第一次见到楚来早的时候,她穿着一件灰色条纹小裙子站在楼梯那里对我笑。她的笑容跟别人都一样,她笑的时候总是怯生生的,兴许是在福利院待得太久了,她看人的神色里面都充斥着恐惧与害怕。

那一双眼睛像我的同时,也像极了老楚。

我的脑海里开始浮现出无数次老虞跟老楚吵架时的内容,年少时以为是因为老楚没有钱,老虞才一脚踹开了老楚,直到见到楚来早,我才知道,我错了——如果我是我的老母亲虞拉拉,我也会头也不回地跟老楚离婚,自此你走你的阳关道,我过我的独木桥,我们老死不相往来,哪怕江湖再见,也定是在渣男的葬礼上见。

自然,这话我不能够对老楚讲。

那可是我亲爹,比真金还要真的亲爹。那一天,我万分乖巧地对着老楚点了点头,说:"我知道了,这是我妹妹呀……"这最后一句话,我是咬牙说的,还附赠了一个假笑。

老楚的嘴角抽搐了一下,但仅仅是片刻,便把楚来早的手放在了我的手心里。

他对着楚来早笑,说:"来早,叫姐姐……"

来早怯生生地看了我一眼,似乎是觉得我很凶。

她咬着唇,原本苍白的面庞更加白了,最后还是怯生生地叫了我一声:"姐姐……"

我强忍住内心的复杂,最终还是摸了摸她的脑袋。

我说:"来早真乖……"

其实,我的内心是真的无法接受来早的,但是在她怯生生地叫我的那一刻,我突然想到了我和三哥。我想,三哥在第一次见到我的时候应该也是这样的心情,从最初的无法接受到后来的当爹当妈一样照顾,我想,他那时候的内心一定比我还要悲怆。

因此,在来早叫我姐姐的那一刻,我彻底对她敞开了心扉。大人的事情再复杂也跟小孩子无关,不管老楚多么不好,也不管当年来早的母亲是多么"白莲花",那都不是来早的错。

我们都一样。

没有错,更何来有罪?

6.

我和来早的缘分起源于老楚的一时糊涂,而我们之间的情谊则是在无数个躲在被子里面偷偷看《黄金时代》的夜晚之中加深。她是一个内秀的女孩儿,不管什么话都藏在心里不说出来,只有在看书的时候,才偶尔会迸发出几句评论来。有时候,我也会问她一些问题,比如"你最喜欢的偶像是谁呀""有没有喜欢玩的东西呀",然而,每次她听见我这样问她,都只是怯生生地看着我,一双眼睛亮晶晶的,然后摇摇头,不说话。

来早在云城待的时间比我长。

五岁那一年,我前脚被我老母亲虞拉拉带出了云城,她后脚便被老楚给带了回来。

可是,她那一双怯生生的眼睛里面却充斥着对这座小城的陌生。

十足的陌生。

我的前桌乔婧婧自小学起便跟来早是同学。她说,来早是被欺负大的孩子。兴许是五六岁之前一直在福利院长大的缘故,来早小时候便不喜欢跟人说话,所以总有小男生往她的铅笔盒里扔垃圾、塞虫子,更严重的一次还用打火机烧她的头发。被烧头发的那次是来早的第一次反抗,她推开那个男生之后哭着跑了出去,再回来的时候脸上的泪痕已经干了,而那原本的一头长发也已经被她自己剪得七零八落……

虽然后来那些欺负她的孩子都受到了惩罚,但是我想,她在心灵上一定是受到了极大的伤害。

"被欺负"那三个字对那时候的我来说很遥远很遥远,自小被保

护得太好的孩子是不会明白那种感受的。在乔婧婧跟我说了来早的事情之后,我还在想,这都已经上初中了,这种幼稚行径便应该不会再出现了,然而,事实上,并不是这样,在第二日,来早便被人打了。

乔婧婧来找我的时候,我正趴在窗户前准备睡午觉。

盛夏的阳光刚刚好,照得人懒洋洋的。乔婧婧来的时候额头上满是细细密密的汗珠,她跑得很快,上气不接下气,看到我就是一句:"归晚,你妹妹又被人欺负了!"她的眼底满是对那群人的愤恨。

闻言,我连忙站起身,跟着她走了出去。

炽烈的阳光照在大白杨树上,树影斑驳。

一群高高瘦瘦的女生围着一棵白杨树站着,气势汹汹。

来早趴在地上,嘴角的血迹刺眼,小小的格子衬衫包裹着她瘦弱的身躯,一阵轻风吹过来,她就像是一片落叶一样瘫倒在地,脸色苍白,弱小可怜而又无助。

我拨开人群,走过去,连忙将她扶了起来。

"你还好吗?"

她虚弱地点点头,之后又担忧地看了我一眼,摇了摇头,示意我快点走,生怕我被她们欺负了。

我鼻子一酸,险些落下泪来。

"有姐姐在,你什么都不用怕……"我对着来早一字一顿道,转而便回头看向了那群高高瘦瘦的女生。

为首的那个女生长相清丽,柳叶眉,穿着一件黑色T恤和牛仔短裤,乍一看没有什么特别的,但是放在人群之中格外扎眼,尤其是那股子

气势,不像是小混混,反倒是像优秀到骨子里的好学生。

在我望向她的时候,她也望向我。

"哟,哪里来的侠客,救人也不看看自己几斤几两?"为首的那个女生旁边的一个黑黑的女生冷笑了一声,笑容嚣张。

她向我走近了几步,似乎是想对我动手,却被那个为首的女生给拦住了。

"云姐!"那个黑黑的女生显然有些惊讶。

云姐……

我脑海里突然有个名字一闪而过,这整个云师附中也就只有一个姓云的,就是云觅——云城教育局局长的女儿,云师附中闻名的霸王一姐。

阳光下,云觅看着我,笑了笑,眼底却满是轻蔑:"一人做事一人当,楚来早犯下的事儿跟你无关,她留下,你走开。"

7.

周围是穿梭而过的人潮,大家都认识这云城附中的云觅,因此看到她这样站在这里的时候,都情不自禁地侧目,想要看看到底发生了什么事。

渐渐地,人越围越多。乔婧婧素来胆子大,但在这个时候,不禁也有些怂了。她拉着我的胳膊,说:"算了吧,晚晚,带上来早,我们走吧……这个时候打架不划算!"

"不走,今天她不说出个子午卯酉来,不给来早道歉,就别想走。"

我有些恼了,跟云觅针尖对麦芒,谁也不让着谁。

云觅见我这个样子,倒是也不恼,只是突然笑了笑,一步一步地走到了我的身边,那细长的手指一把挑起来早的下巴。她的指甲在来早白嫩的肌肤上划了一下,便是一道明显的血痕。

"你干什么?"我赶忙拉住她的手,而她的笑意却骤然变冷。

她冷哼了一声之后,一把甩开了我的手。

"再让我知道你惹谢沉,别怪我不客气!"她恶狠狠地看了来早一眼。周围的人越围越多,她似乎也害怕被处分,对来早恶狠狠地威胁了一句之后,便转身离去。

我的手攥得紧紧的,想要追上去,却被乔婧婧给拦住了。

"别,别再惹事儿了,到时候闹大了,怕是又要请家长,挨处分!"乔婧婧提醒我。

我深吸了一口气,眸光渐渐变沉,扶起眼角还带着泪花的来早,平生第一次感到了一股子的无力感。

我想,如果来早能够表现得强硬一点,也就不会出这样的事了。可是,我的好妹妹,我的好来早就是这个样子,受了欺负也从来一声不吭。

我的手轻轻地搭在她的肩膀上,感受着她一抽一搭的节奏,却突然之间想起了一个问题——

"她说的那个人是谁?"

来早本来是弱弱地擦着泪,听到我问这个问题之后,眼神有一瞬间的飘忽。

　　似乎是感觉到了她的孤独无助，乔婧婧扯了扯我的衣角，让我不要再多问，手指却指向了不远处的一棵大槐树。

　　大槐树下，一个穿着黑色衬衣的少年笔挺地站着，细腻的阳光洒在他的身上，那英俊的脸显得格外刚毅。他的一双眸子如同鹰隼一般盯着我们这里，先前发生的一切早被他收入眼底，嘴角的笑意凉薄至极。即使他是这个事件最大的导火索，也仍旧是一副事不关己的样子，只是冷眼旁观着这里发生的一切。

　　那股子淡漠疏离劲儿，是刻在骨子里面的。

　　我盯着他看了许久许久，他也蹙着眉头打量着我。

　　少年时初遇的第一眼，时光定格在那个阳光和暖的上午，斑驳的阳光落在我们身上，这是看起来多么融洽又多么梦幻的场景。

　　然而，很多年以后，我回想起来的时候，却始终觉得狗血而又荒诞，甚至一点儿都不想去回忆。

　　因为，这一天，我打了谢沉。

　　我一拳狠狠地打在他的脸上，那弧度正好的嘴角勾起的时候，便已满是血迹了。对于这伤，他似乎并不是很在意，只是看着我的时候，复杂、深邃、克制、隐忍等一系列情绪在他的眼里涌动着。

　　他向我走近了两步。

　　那股子气场太强，我下意识地后退。

　　他修长的手指拢在一起紧握成拳，在我的头上滑过。我看着他，一时间有些恐惧，而他竟是一拳打在了我身后的那棵大槐树上面。

　　他薄唇紧抿，带着嘲弄。

他转过身去走了两步之后,突然回头看了我一眼,那深邃的眸子之中仿佛有千年寒冰在。

自古狗血多初见。

没有想象之中对我口出狂言的嚣张,也没有什么二次打人事件,他一拳捶在那大槐树上的时候,有木屑"唰唰"地落了下来,刚刚好,就那么划伤了我的脸。

还好,不是很疼。

只是盛夏的太阳实在是太过刺眼,再加之那一瞬间我满手是血,一时情急之下,我就那样直接晕了过去。

8.

我醒来的时候,是在医院里,老楚正坐在我的病床前满含热泪地看着我。他说:"哦,我的宝贝女儿,虽然你的脸上有了一点小小的残缺,但是在你老父亲的心里,你仍旧是这世上最美丽的姑娘,可以媲美贵妃昭君、西施貂蝉!"

他握着我的手,一度哽咽得说不出话来。

我强忍尴尬地接受着老楚这突如其来的热情,对他笑了笑,心里却知道,他只是怕我因为来早的到来而觉得自己被忽视了,所以在我仅仅是面临着这一点小伤的时候,也显得如临大敌。

医院病房里,我的对面便是一面镜子。

被护士擦得锃光瓦亮的镜子中,我的脸颊处有了一道颇有些刺眼的血痕,被医生用药酒处理过后,已经不是那么恐怖。

"你的脸会留下疤痕。"老楚见我颇为淡定,摩挲了一下宽厚的大掌,像是一个犯了错的孩子,他看着我,满是认真,说,"如今你的老楚有钱了,日后医学技术会越来越好,不就是一道疤嘛,老楚就是倾家荡产也给你治好……"

他手足无措地安慰着我。

我摸了摸脸上的那道血痕,也不知道是个什么滋味。

正值青春期的我,曾在卫生间里欣赏过无数次自己的这张脸,虽然圆润了点,偶尔还会出现一个双下巴,可也算得上是大家闺秀的长相,却不曾想到,有关白富美的梦,还没有得到任何人的肯定,便已经破碎在了 2001 年的这个夏天。

……

这是谢沉的父亲第三十七次押着谢沉来向我道歉。

谢沉的双手插在口袋里,一双眸子漆黑,每一次都是这样纹丝不动地看着我,嘴里重复着枯燥的道歉的话,完全没有任何的道歉诚意。

直到三天前,我才知道,谢沉的父亲谢临风不仅是老楚生意上的那个贵人,还跟老楚是从小穿一条裤子的交情,且我们家隔壁的那个别墅就是谢沉家的。这又是世交,又是邻居,论理该息事宁人,可是谢沉这人的少爷脾气以及每次来道歉时的阴狠眼神,着实是让我无法接受。

"小晚,这事儿是谢沉做得不好,而且学校也给了处分,伯父在家也狠狠地揍过这小子了,你有什么要求尽管提,伯父一定满足你!"

谢父的话始终是那么诚恳,而谢沉的脸色则始终是那么冰冷。

我不由自主地轻嘶了一声,还没有开口说些什么,却听得谢沉蓦然沉声对谢父道:"这是我们之间的事情,我们自己解决,您先不要管了,让我来和这个伤患谈一谈。"

他说到"这个伤患"四个字的时候格外咬牙切齿,就差把我给生吞活剥了。

事实上,确实如此。

谢父一走,他便立即欺身到我的病床前。

十四岁的少年身子颀长,百叶窗的缝隙之中细细碎碎的阳光透进来,照在他冷毅无比的面上,使得我的呼吸都不由得急促了几分。

"本小爷歉也道了,打也挨了,你还想怎样?"他的眼眸黑亮,声音醇厚沙哑,却带着十足的恶狠狠的意味。

我这才发现,他的额角处有几道明显的青紫,嘴角除了那一日被我打的一拳留下的伤痕外,似乎还多了些什么,看样子,确实是谢父回家之后拎着这小子揍了一顿。

我是有些心软了。我知道,经过我那么一闹,以谢沉在附中的影响力,势必会有人在不久之后拿来早撒气。

因此,我眨巴着一双大眼睛看了他半晌,认真道:"我要你向来早道歉,为先前的云觅打人事件当着全校的面向来早道歉!"

他微微怔了怔,一双黑眸亮晶晶地看着我,眉头紧蹙着,带着几分凌厉:"云觅的事情学校已经给了处分,而我父亲也因此教训了我无数次,你如今让我当着全校人的面道歉,是不是不太妥当?"

没有想象中的炸毛和暴躁,他盯着我说话的时候,格外冷静。

十五岁的少年,理智冷静得就像是一个经历了世事风霜的大人。尤其是那一句"是不是不太妥当"刺得我一时之间说不出话来。谢沉与来早的过节是什么我不知道,打人的也确实是云觅,细细想来谢沉除了袖手旁观以外,似乎也没有什么别的错……

"那就算不当着全校人的面道歉,也应该私下里跟来早道个歉……"我有些理亏地忍让了一步。

谢沉一声轻嗤。他冷笑地将手插进校服裤子的口袋里面,端详着我的时候,就像是在看一个傻子一样:"你做的什么春秋大梦?"

他摇了摇头,还没等我再说些什么,便直接走掉了。我原本还想说,哪怕不愿意跟来早道歉,那送个小礼物宽慰一下人家小姑娘也是可以的……奈何,这话终究是被我咽回了肚子里。

第二章
每个女孩儿都有梦

痛苦终有一日会被时光老爷爷给带走,我们何必跟一个老人抢饭吃?

——晓晓♥

1.

我回到学校的时候,脸上的疤痕已经淡了不少。正值秋日,天气渐渐地转凉了,谢父一直把我当个病人对待,再加上他跟老楚又是从小穿一条裤子长大的交情,所以一直觉得对不住我,便让谢沉接送我,美其名曰,做我的护花使者。

对此我还不是很情愿,直到有一日谢沉青着嘴角,满脸阴鸷地来找我,我才最终答应了谢父。

谢家一直都是秉承着棍棒底下出孝子的传统,老楚说,谢父年轻的时候就经常挨他爹的揍,所以如今有了儿子难免会"报复"到儿子的头上,再加上谢沉的脾气又比别的孩子执拗一些,所以被谢父拳脚相加那是家常便饭。

每次提到这里,老楚的面上便会露出骄矜的神色,然后"呵呵"地笑着说,男孩子嘛,打一打正常的,像我们家这两个小宝贝儿,那就该宠着,往天上宠。

是的,老楚确实是宠孩子,只是他宠的是我一个人。

似乎是想要弥补我,只要是我想要的他都会给我,反之,对于来早则是一种不闻不问的冷漠态度。

有时候，在他对着我嬉笑的时候，我都能够感觉到来早眼底泛出的泪光。

从来不被宠爱的孩子，要么软弱可欺，要么筑起一道厚厚的屏障保护自己。来早属于前者。每次我看到来早小心翼翼的模样的时候，心里面都会陡然生起那么一股子强大的难过来。

有时候，我会想，如果五岁那一年我被我的老母亲虞拉拉弃置在沈家的时候，没有遇见三哥那样温婉如玉的谦谦君子，而是遇见其他恶毒一点的人，那么我会不会也像来早一样胆怯难过。

这个如果的结果，我不知道。

我知道的只是无数次午夜，我去客厅喝水的时候，都会看到老楚在客厅桌子旁一个人拿着一瓶二锅头孤单无助地喝着，他的面前放着的是老虞和他年轻时候的照片，照片里一个笑容甜美，一个英俊帅气，那时候的他们一定像霸王和虞姬一样深深地相爱过，只可惜，最后一个过错成就了永远的错过。

当然，老一辈的爱情也并不是全然那么悲戚，也有浪漫得天人共羡的，比如我们的校长李云年和他的夫人，也就是我们现任语文老师董静好宝宝。对的，我没有称呼错，虽然我们的董静好老师已经五十岁了，然而仍旧可以称得上"宝宝"二字。

我们的校长李云年同志在三天前因为董静好老师的一句"老家院子里的梧桐该黄了"，就自己出资在校园的小道上种满了梧桐树，让她好好地欣赏这落叶缤纷。

除此之外，在家里的时候，李校长还会给董老师画眉抹黛，且日

日夸妻三十句。

而生活在如此蜜糖之中的董老师也确实是和其他的同龄老师不一样,她会在课堂上面尖着嗓子告诉我们说,她不喜欢文章空洞无内容的学生,她会挑起丹凤眼跟不写作业的学生撒个娇,她也会被皮学生们在教参之中放的虫子吓到大哭。如此恣意不做作的性情,也着实是让我们这帮学生觉得好笑又欢喜。

在爱情被明令禁止的年纪,我们谁都不敢以身试法,只敢在私下里讨论讨论关于老一辈人的爱情以及自己未来所巴望的爱情。

正如,乔婧婧时常会问我:亲爱的晚晚,你日后想要嫁一个怎样的人啊?

每次她问我这个问题的时候,我都会想半天。我心目中要嫁的人应该是像三哥一样的,顶天立地,温润如玉。

可是,这个答案,我自然是不能够跟乔婧婧说的。于是乎,我告诉她,我将来要嫁的那个人,一定是一个值得让我跟他亡命天涯的人。

乔婧婧每次听我这么回答,就会笑着拍我的脑袋。她说,你傻了吧,亡命天涯的前提是先犯罪,你莫不是想要重新改造?

我每次被她一拍就会清醒一些,然后连忙摇头。

尽管作为一个根正苗红的好宝宝,我知道我这一生跟"亡命天涯"这四个字没有什么干系,可也觉得这四个字听起来就倍儿酷、倍儿帅气。

虽然对于我的此种言论,乔婧婧一度觉得我是警匪片看多了。是的,这话,我不否认,我一度自己也这样觉得,正如,我最近总是觉得来早的成绩下降得特别厉害,而且还时常在晚上吃完饭之后偷偷地往外

面跑。

这种行迹,十分可疑。

我在本子上记录下了所有对于来早去的地方的猜测,准备晚上去找一找她,不料,本子还没有完全合上,窗户外面就有人在叫我。我一看,看到了梧桐树下站着云觅和她的几个小跟班。

不同于初见时的一头长发披散下来,她回家之后应该是受到了父母的批评,所以就扎上了马尾辫。

我慢慢走过去,她直勾勾地盯着我看,一双如同葡萄一样的大眼睛黑亮黑亮的。

"我和谢沉是自小玩到大的好朋友,友谊堪比金刚钻。虽然我知道你仗着父母之间的情谊压榨他,让他接送你,可是我仍旧要告诉你,我云觅眼睛里容不得沙子,你要是敢欺负他,我就敢欺负你!"

她恶狠狠地看着我,话说出来却像极了七八岁的孩子。欺负谢沉?我的嘴角不禁抽了抽,那家伙哪里是我能够欺负得了的?

"你想多了,我从不会欺负谁,只会路见不平,拔刀相助。"我对她微微笑了笑,"如果你找我没有别的事儿的话,我就先走了。"

我刚刚转过身去,却听得她在后面叫我。

"楚归晚,你等等!"她咬牙跺脚。

我回头不解地看着她,却见她突然往我手里面塞了一个包装精美的礼品袋。

"这是我爸从法国带回来的糖果,是他让我带给你跟楚来早的,上次的事情,是我不对。"她再无嚣张气焰,咬牙说完这句话之后,

便赶忙跑开了。

我回教室的时候,乔婧婧刚好就看到我手里面的礼品袋,似乎是发现了什么新大陆一样,声音陡然提高了八度:"天哪,这不会是云觅那个小霸王给你的吧!"

我点点头,坐回位置上开始写作业。我说:"其实云觅也没有那么坏,她只是叛逆了一些。"

乔婧婧挑眉,不置可否地点了点头:"其实,云觅以前是很优秀的,上初中之前,她一直都是云城第二名。"

"那第一是谁啊?"我好奇。

"谢沉啊!"乔婧婧一副"你怎么这么没见过世面"的样子看着我,然后继续道,"你好歹也蹭了人家那么久的单车,你竟然不知道谢沉和你一样一直都是个学霸?他可是万年第一。"

我摇摇头,表示一开始并不知道,但是现在知道了。

敢情前两次我考云师第二的时候,一直都是这家伙在前面压着我。当真是不是冤家不聚头。这样想着,我忍不住将笔尖在纸上画了又画。

乔婧婧见状笑了笑,一本正经地拍了拍我的肩膀,然后不动声色地扎我的心。她说:"没事儿,晚晚,新一轮的月考又要到了,你最近这个物理电学学得也是不咋的,估计也不用担心前面压着你的会是谢沉了!"她笑道,潜台词就是下一场月考排名在我前面的会是几百人。

我深吸了一口气,一想到最近让我烦恼的物理,就情不自禁地哀号了一声,然后倒在了桌子上。

2.

真是怕什么来什么。

放学的时候,我们的物理老师王老师便已经在我们班的门口等我了,他的手上拿着一张今天中午刚考完的物理试卷,非常严肃地看着我。我瞥了一眼上面的分数,红艳艳的两位数"68"。我就知道,这一次,我是完蛋了。

人生的第一次放学后被老师扣留,在初二的这个傍晚。

我们的王老师是个年近六十的老头子,当他把我的试卷重重地拍在办公桌上的那一刻,我的心就随着他花白的胡子开始乱跳了。

"害羞不害羞,一个优等生连电阻是什么都不知道?电路图的开关竟然都是闭合的,把电阻当成灯泡,这要是在现实生活中,你家的电路迟早得爆!"

他拍着桌子,唾沫星子飞扬,从旁边拎起了另外几张试卷,一把就砸在我的身上。我弯腰去捡,这才发现是我后桌那两位和我左边的同桌林小圆的试卷,一模一样的成绩,68分。我看着王老师那张已经阴沉到极致的脸,背上满是冷汗。

考试之前我就跟他们三个说过,我最近的物理差得一塌糊涂,他们偏偏不信,这下好了,团灭。

"老师,我……"我深吸一口气,咬着唇,试图承认错误,却被他骤然打断:"好了,楚归晚同学,我这个老头子老了,也不想跟你们学生斗智斗勇什么的,只说一句,我所有的教参都在这个办公室里,你今晚也别回家了,就在这里好好地看关于电学的内容,这里还有一

份空白试卷，明天我到这里来的时候，要看到一份至少95分的试卷！"

他对着我劈头盖脸就是一顿训。

我本来还想"可是……"一句，却最终噎了回去。

傍晚时分，一阵阵晚风透过窗户吹进办公室，大片大片的火烧云缠绵在天际，放学已久，而悲摧的我仍旧趴在办公室的桌子前研究着教参。

学习这种东西，就是你弱它就强，你强它还是强。

我研究着研究着，就情不自禁地趴在桌子上睡着了，不知道过了多久，被人给踹醒。

我抬起惺忪的睡眼，发现办公室里多了一个人，是谢沉。

他蹙着眉头打量着我，深邃的眼底仿佛有一层薄雾笼罩着一般，叫人看不清情绪。

"你不是在更正试卷吗，怎么睡着了？"他冷声问。

我这才想起来，回家的路上，我从来都不是一个人。

拍了拍睡得有些迷糊的脑袋，我站起身，这才发现，我那份68分的试卷摊在他的面前，上面多了一大片红笔的批注。他应该是很早就到这里了，只是刚刚才叫醒我。

低分试卷被人看见的羞耻瞬间席卷了我的全身，我深吸了一口气，总觉得在这个仇敌面前展示自己的弱项是一件很没有面子的事情，本想说些让自己不至于太尴尬的话来找补一下面子，却见这人已经自顾自地拉开凳子，坐在了我的面前。

"我发现你其他的理解没有问题，但是你所有错的题目都是把电

阻当成了开关。"他淡淡地扫了我一眼,手指轻轻地在办公桌上叩了叩,一如既往的冷淡眉眼里却带着些笑意。

我尴尬地咽了口口水,将那卷子直接塞进了书包里。

我白了他一眼:"不用你多管闲事……"

瞬间,我原本收拾卷子放进书包的手被谢沉给反扣住了。

"等等,既然你觉得我是多管闲事,就把我刚刚给你写的解题步骤给抹掉。"他沉声道,眉毛挑了挑,带着几分促狭。

一个男孩子一点气量都没有。这分明是在报复我。

真是睚眦必报。

我咬牙,一张脸涨得通红。

从小安戈尔就说我,匪气重得很,却没有一个厚一点的脸皮,受不了半点的委屈和嘲弄。因此,在谢沉说出这话的时候,我便径直准备将那试卷从包里面拿出来,真的是想要直接抹掉谢沉留在试卷上面的解题步骤。

他显然没有想到我会较真,一双黑眸里面的情绪变幻莫测,在那试卷刚刚要被拿出来的时候,便再次按住了我的手。

"不必了,我开个玩笑。"

他说完这句话之后似乎是已经没有了跟我说话的兴趣,径直从那凳子上面站了起来,似乎是在等待着我收拾书包。

谢沉的皮囊生得比旁人好些,身形也是如此,要比旁人高大些。他一站起来,就挡住了所有的霞光,高大的身影笼罩着我的那一刻,竟让我有些恍惚。我站在他的侧面,不由得多看了他两眼,少年的眉

眼冷峻，紧抿着的薄唇宛若刀锋，一张脸在霞光的映衬下棱角分明，竟是完完全全与我前几天刚看的小说里面的男主角形象符合。

一片混沌之中，我便情不自禁地喃喃道："真好看。"

他回过头，蹙着眉头冷冷地扫了我一眼："你说什么？"

我被他这冰冷的声音搞得骤然转醒，一下子就回过了神来，赶忙摇头："没什么，没什么……"

在今天一连在这人的面前出了两次洋相以后，我已经羞愤欲绝了，于是乎，抓起书包，便埋着头跟着这人往家的方向走着。

这一晚，注定了是个难眠之夜。老楚一般都不在家，我和来早吃饭纯属自力更生，我本还想着要快点回家好给来早做蛋炒饭，却不料，到家的时候，来早正瘫坐在地上哭泣，她的一双眼睛哭得通红，像是个小兔子一样，我问了她发生了什么，她也不说，只是哭泣。

来早哭泣的时候颇有一种孟姜女哭长城的感觉。

我先是不停地问她，后来发现这根本起不到什么作用，便也不再问了，只是坐着静静地看着她。

事实证明，有时候，心灵的凝视更加重要。

而这一晚，在我看了她许久之后，她有些按捺不住了，终于开了口。

3.

来早握着我的手的时候，眼泪就像是断了线的珠子一样。

"姐姐，你帮帮我……"她哭得梨花带雨，由于哭得久了，整个人的声音都已经沙哑得可怕，"我欠了福利院一个叫阿难的少年很多

很多钱,我那时候是因为母亲生病才被送去福利院的,后来爸爸虽然把我带了出来,可是也没有去见过母亲,没有给过她钱看病,那个时候,我就去偷去抢……我偷了阿难的一块表,现在他正带着一群人在家门口右边的巷子里,说只要我一出去,就要……"

她哭得一抽一抽的,看上去甚是可怜。

在那之前,我从来没有听过如此悲伤的故事。所谓的没有钱治病的故事,我从来都只在电视新闻里看到过,却不曾想,在现实之中竟离我如此之近。

我眼眶一红,眼泪快要夺眶而出的时候又被我自己强忍了回去。

"来早,相信姐姐,姐姐会一直保护你。"我万分认真地对来早道。

这一天,我几乎将以前生日的时候虞拉拉给我寄来的、老楚给我寄来的,以及三哥送我的所有的礼物都翻了出来,其中有很多手链、锁骨链,我把它们都放在了一个大盒子里面,所留下的,只有手腕上的那条星星手链。

这一晚的风格外大。

我的右手上拿了一个棒槌藏在身后,左手上则是抱着那个装满了我全部身家的盒子。来早躲在我的身后,一个劲儿地瑟瑟发抖,而我则是将她护在了后面,像一个大侠一样。

我们的面前是三个穿着黑色 T 恤的男生,板寸头,看上去十三四岁的样子,痞里痞气,为首的那个瘦高个儿应该就是来早说的阿难,他的嘴里面叼了一根烟,目光像是老鹰一样死死地盯着我身后的来早。

"怎么,欠我的钱是想要还给我了?"

阿难斜倚在墙边，冷笑着看我们，他的手在不停地打着响指，一声一声，打得让人心烦意乱。来早躲在我的身后紧紧地抓住我的手，她的手心里面都是汗，整个人都在颤抖。

我下意识地往前面站了一步，想要隔开阿难和来早，将手里面的盒子直接递给了阿难。我说："我们都还是学生，你说要多少钱我们肯定是没有的，但是这些应该是可以抵一部分的钱。"

我的话还没有说完，手里面的盒子就被阿难直接打翻。

那些手链、锁骨链洒落一地。

他轻蔑地看了一眼那些首饰，然后轻笑了一声："这些看上去是差不多可以还清你妹妹欠我的钱，只是我现在后悔了，我现在只想要你交出你这个妹妹，让她任凭我们处置！"

"你不要欺人太甚！"我指着他冷声道，手腕却在顷刻之间被他抓住。

阿难狡黠的目光在我手腕上的星星手链上转了转，然后笑了笑："这个东西看起来倒是不错……"他的左手伸过来就想要把它扯掉。

我的脸色有些苍白，本是想着要跟这人拼命，却不料，不知从哪里飞过来一个人，一拳就狠狠地打在了阿难的脸上。

阿难被打得一个踉跄后退了几步。

而我们两个则是被那人直接护在了身后。

月色下，少年的身子颀长，嘴角如同刀锋一般，伴着一丝冷笑以及狠劲儿。

"谢沉，你怎么……"

"闭嘴！"他冷声，目光深邃地盯着眼前的那三个人，"有本事跟我来一场。"

"三打一？"阿难擦了擦嘴角的血迹，露出一抹狠意来，"小子，我怕打到你跪下，撑不住！"他一面说着，一面对谢沉竖了个中指。

轻蔑之意明显。

我抚了抚额头，下意识地上前扯了扯谢沉的衣服："打架就不必了，我们走吧，这个形势对我们……"

我的话还没有说完，便被谢沉的右臂往后面护了护，他眼睛黑亮，看着前方，冷笑了一声："不自量力地惹了祸，你以为我们还有退路吗？"

说着，他便解了解黑色衬衫上的纽扣，即使是打架，撸起袖管的时候也仍然不失骨子里面的斯文和儒雅。当然，斯文和儒雅只是一瞬间，下一秒，他便一把抄起地上的棍子向着阿难的方向走了过去。他力道大，出手也狠，阿难一伙儿一共有三个人，按照人数来说，谢沉并不占什么优势，但是尽管如此，在背上挨了极重的几下之后，他也仍旧是凭着与生俱来的那股子狠劲儿将他们打跑了。

空荡荡的巷子里，顿时只剩下了我们三个人。

他回过头，那细密的刘海儿都被汗水浸湿了，英俊的、满是血痕的脸上却还带着几分肃杀之意。

"谢沉，谢谢……"来早走过去，低声说。

而他却迈开大步子向我走来，直接忽略来早。

"走，回家！"他蹙眉，冷声呵斥道，紧接着，一把就将我拽走，

那动作就跟提溜着小鸡一样。他语气很是不善,而我能够清楚地感觉到,他生气了。

4.

"你这是干什么?来早还在后面呢……大晚上的,你能不能等等她?"我被他强行拖拽着往前走,回头的时候看到来早已经被我们远远地甩在了后面,她低着头在帮我拾捡着散落了一地的手链,那样子柔弱得让人心疼。我想要回头去找她,奈何那手腕却被谢沉勒得死死的,动弹不得。

他回过头看我,目光犀利如同刀剑。

"你我两家是世交,我帮你是受了我父亲的嘱托,但是我有以下三条规定要你遵守。

"首先,在你我父亲的生意未尽、情谊未散之前,我会在学校里护着你,但是你最好不要再惹什么麻烦;其次,你的妹妹是你的妹妹,不是我的,你不得要求我对她客气;最后,请你以后在家做饭的时候,控制好火候,不要再让你家厨房隔壁的我的书房飘满烧焦的气味。"

他颀长的身影渐渐地向我逼近。

夜色下,他的话一字一顿,带着不容置疑的笃定。

我被他逼到了墙角,有一瞬间的心跳失衡。

这是第一次我距离谢沉这么近,近得刚刚好可以让我仔细地打量他这张脸,剑眉星目,虽然还带着少年人的青涩,但是可以看得出,长大之后定是个迷倒万千少女的料儿。

"你不说我就当你默许了……"他见我不回答他,那狭长的丹凤眼里带了几分寒意,话锋一转,又道,"你看够了没,看够了就回家好好地问问你那妹妹到底发生了什么?"

他说的"看够了没",指的自然是他的这张脸。

小心思被人一眼看破的滋味很不好受,我一张脸瞬间通红。他在前面迈开大步子走着,我则只好在后面跟着他。

这一晚的月光格外柔和。

谢沉把我送到了家门口,耸了耸肩膀,示意我进去。

宅子里面的灯已经开了,料想来早已经到了。

我打开门刚刚准备跨进去的时候突然想起了一些什么。

"谢沉……"我叫他。

他抬眸:"嗯?"

"你为什么不喜欢来早?"我有些犹疑地看着他。

他显然是没有想到我会那么问,手中的钥匙扣轻飘飘地转了一圈之后,他淡淡地说道:"不喜欢就是不喜欢,哪有那么多的为什么?"

似乎是并不想跟我再多说些什么,他没有再看我,而是迈着步子直接转身离开了,只留下我,站在原地呆呆地吹了一会儿晚风。

5.

我回去的时候,来早已经躺下睡着了。她似乎并不想再提起这件事情,我也就没有再问。

后来的日子过得还算平静,在谢沉那嘴硬心软的家伙的帮助下,我的物理成绩最终没有太过拖累我,浩浩荡荡的期末考试在一片慌乱之中告一段落。不出意外,谢沉依旧是云城初二部的第一,而我则是稳居第二,似乎我跟他的人生总是差那么一点。即将面临中考的我们,也是第一次感觉到了危机。一个暑假在我们偶尔串门的打闹中度过,他没有理由地讨厌来早,而我则发现,来早看着他的眼神也总是怯生生的,带着点害怕的愧疚。

少女的心事总是这样细密,其实,在那一晚阿难走后,我知道,来早还总是大晚上出去,偶尔还会红着眼眶回来。我不知道她的身上到底还有着多少秘密,可我知道,这是我的妹妹,比金刚钻还要真的妹妹。

初三开学的前一天我和来早坐在屋顶上面看星星,我问她:"亲爱的,你长大以后想要做一个怎样的人呀?"

来早笑了笑,露出一对小虎牙,眸子亮晶晶的。

她说:"我长大以后想做一个不让大家讨厌的人。"

这个无比诚挚的回答,让我的心紧了紧。

然而,在我还没有再度开口的时候,她却又对我笑了笑,说:"姐姐,我真的很羡慕你,爸爸那么宠爱你,谢沉哥哥面上看着清冷,对你又很关心,我真是做梦都想成为像你一样的人了……"说到这里,她的笑容又渐渐暗淡下去,仿佛又变成了那个一直缩在阴影和角落里面的来早,"有人活在光明里,有人活在阴影里,姐姐,这世上本就是这样的啊,可是我又为什么会那么难过?"

她挽住我的胳膊，笑容明艳，可是眼泪分明就在眼眶之中打着转。

我抿了抿嘴唇，心里面就像是被一把刀子扎了一下一般。

这个晚风浮动的晚上，来早对我说了很多很多以前从来都没有说过的话。

她说，姐姐，我想要长大，只有长大离开学校了，别人才不知道我的身世。

她说，姐姐，我好难过，为什么除了庄洲，别人都不喜欢我……

那是第一次，我从来早的口中听到一个陌生男孩子的名字，庄洲……

我拍着她的肩膀，本不该打断她的我最终还是问出了那个问题："庄洲是谁？"

她看着我，目光之中有一刹那的迟疑。她一开始应该没有打算说出这个名字的，这一定是一个在她心里藏了很久很久的人，正是因为她一直把他视作珍宝，所以才会小心翼翼，从不提起。

"那是不是一个很好的人啊？"我见她犹豫，便笑着问她。

每个姑娘的心里都做着一枕黄粱梦。

我想，在来早低着头不说话的那一刻，我见到了她心里的"黄粱"。

来早最终也没有告诉我，庄洲到底是谁，她只是把头靠在我的肩膀上，低低地说："姐姐，你懂那种感觉吗，一片荒芜之中走出的两个孩子，相依相偎，不愿放弃……"

她的眼角湿润了，我的眼眶也不禁有些红。这是有生以来，我和来早的第一次交心，我轻轻地拍着来早的背，除了这样的安慰，我什

么都不能给她。

年少时,我们总是学着用言语去安慰别人,但事实上,别人的痛苦无论我们谁都无法设身处地地感受到,安慰过后,我们打着道德的最高旗帜开心地走开了,而留给别人的只有更深的痛苦。

那些处在痛苦里的人会想,哦,我这样难过,她还这样开心。

因此,那一日,我什么都没有对她说,就像很多年以前安戈尔对我说的那样,痛苦总有一日会被时间老爷爷给带走,我们又何必自告奋勇地和时间老人抢饭吃?

第三章
少年初识愁滋味

morning ♥

在岁月的长河里，我们都应当有一次为了梦想不撞南墙不回头的旅行。

——晓晓♥

1.

初三的第一场月考结束之后,学校举行了一个颁奖仪式,为学校前五十名的同学颁发优秀证书。

刺眼的骄阳下,在校长李云年的慷慨致辞结束之后,我和谢沉是第一对儿上台领奖的,早在上台前,我就隐隐觉得有一种不好的预感,总觉得今天要发生什么惊天动地的大事情一样。

女生的第六感一般都是极其精准的,事实证明,确实是如此。

当我和谢沉两个人拿着那红本本的证书站在大讲台的礼台上对着大家露出一个羞涩的笑容的时候,全校都发出了一阵爆笑。

就连负责给我们合照留影的陈皮在照相机"咔嚓"一声之后,都露出了一个狡黠的姨母笑。

彼时的我们还不知道发生了什么,互相茫然地对视了一眼走下礼台,在看到第二对领奖人走上礼台的时候,才恍然明白了什么。

明晃晃的阳光下,亮丽的少年少女拿着一对红本本笑靥如花,还真是像极了一对新婚的恋人,分明是一场极其严肃的颁奖仪式,却最终被学校这错误而又糟糕的设计弄成了一场巨大的"证婚仪式"。

这真是一场糟糕的颁奖。

我在台下忍不住黑了脸,而谢沉的表现则是非常淡定,他的淡定让我有一种被欺凌的感觉。

于是乎,在两天以后,陈皮笑着把那张他拍摄的照片交给我的时候,我就直接拿着那张照片杀到了谢沉的家里面,不管不顾地对他大声嚷着,还我清白。

我进他房间的时候,他正趴在床上练着俯卧撑,只穿了一件短裤,并没有穿上衣。见我突然站在了他的面前,他先是爆了句粗口,然后蹙着眉头站了起来。十几岁的少年,就那样打着赤膊站在我的面前,那刚毅的面庞虽还有几分青涩,但隆起的肌肉已经足以证明这家伙快要长成男人模样了。

我深吸了一口气,情不自禁地红了脸。手里面的照片被我捏成了一团,望着神色一如既往淡定斯文的谢沉,我忍不住咬牙:"谢沉!你要流氓!"随即,就捂着脸冲了出去。

十五岁的小姑娘,害羞得很。

其实那个年代打着赤膊在街上晃荡的人很多,但看到这么个跟自己同龄的人这样站在自己的面前,就是觉得倍儿害羞。

这一天,我的脸肯定红成了一个苹果,冲出去的时候自然也不记得看路,刚刚好就撞到了一个女人。

时光荏苒,很多年以后,我回想起这一天,早已不记得我撞到那个女人的时候,是个什么心态、什么滋味儿了,只知道,抬起头来的时候,发现这人是我的亲妈,我一直在美利坚漂泊着的亲娘,虞拉拉。

兴许是很多年没有见到她了,我再次看到她的真人的时候,竟觉

得有些恍惚。这种恍惚的感觉很奇妙，如果非要形容的话，应该是一种不切实际的真实。

其实，虞拉拉这么多年都没有变过，江南女子的脸，眼角眉梢带着十足的清冷，嘴角却又挂着淡淡的笑意。她的眉心有一颗朱砂痣，很显眼。

可就是一张我在梦里面见过千万次的脸，再度相见的时候，却显得格外陌生。

兴许是当时的场景给我的冲击力太大了，大到除了逃走我竟是什么也不知道，一个转身回过头去，就开始像个小陀螺一样敲谢沉家的门。

谢沉打开门的时候，衣服已经穿得整整齐齐了，额间的碎发上还有一些湿漉漉的水渍。

"你不是说我流氓吗？你又来流氓家干什么，狼入虎口？"他的胳膊撑在门上，并没有让我进去的意思。

"你让我进去，我以后就再也不跟你作对了！"我有些急了，双手合十状，开始向他示弱。

谢沉挑眉，扯出一个满意的笑容来，那坚实有力的手臂慢慢地往下坠了一点，紧接着，他的眸光突然往我的身后扫了扫，在闪过了一丝锐利之后，那手臂又纹丝不动地抵住了门框。

"那个人是谁？"

"我……我怎么知道她是谁……"我支支吾吾了半天，一张脸涨得通红。

谢沉眸光犀利，犀利之中又带着一种世事洞明的清醒，冷笑了一

声之后,非常粗鲁地推开了我扒在门框上的"爪爪",再接着,甩给了我一句"跟她好好谈谈",便"砰"的一声关上了门。

我愣愣地站在他家的门口,本还想挣扎着再拍几下他家的门,而虞拉拉却已走到了我的面前,她缓缓地握住了我的手,对我露出一个山明水净的笑容来。

"囡囡为什么不叫妈妈?"她低着头看我,嘴角虽有笑意,眼底却仍旧有一层清冷附着。

我抿了抿唇,摇摇头,将手从她的手掌里面抽出来,没有说话。

她的手尴尬地垂在那里,似乎是早就料到了我这样的反应,最终又无力地收了回去。

我领着虞拉拉去了隔壁的家,她坐在沙发上,安静得就像从画里面走出来的女人。我给她倒了一杯茶,她笑着说了声谢谢,目光却始终聚集在茶几上的那张她和老楚的结婚照上。

我注意到她的目光,便慌忙走过去,一把将相框反扣在了桌上。

或许是由于我的动作幅度有些大,那相框被反扣在桌上的时候发出了"啪"的一声,就像是原本平静的湖面之上突然被扔了一个手榴弹一样,这巨大的声响顿时打破了房间里面原本的寂静。

一时之间,她愣住了,我也愣住了。

一个与父亲待得过久,很多年都不曾得到母亲关心的孩子,无论是情感上还是行为上,自然都会倾向父亲。

"他没有思念你,他只是还没有习惯一个人单身的日子。"我咽了咽口水,梗着脖子对她说。

她美丽而又沉静的脸上出现了一丝尴尬。

"你很护着他？看样子他是对你很好了。那你的那个妹妹呢，他对你，跟对妹妹，哪个更好？"她伸出手来摸我的脑袋，微笑道。

我并不想回答她这样颇有些挑拨我们几个关系的问题，便将脑袋从她的手里移开，不动声色道："爸爸对我们都很好，不曾亏待。"

她会意地点点头，嘴角露出一丝苦涩来，转过身去，拿起茶几上的杯子轻轻地抿了一口茶水。

空气之中弥漫着一股子浓重的疏离和尴尬气氛。

2.

而这股子疏离感和尴尬感一直延续到老楚回来才被打破。

其间，她有一搭没一搭地跟我找话说，然而每一个话题都没聊几句便被我终结了。

老楚今天应该是带着来早去跟各科的老师打招呼请吃饭了，所以喝得醉醺醺的。虞拉拉坐在沙发上一直等他，应该也是有事儿想要跟他说，却没料到等来了一个醉鬼。

"你怎么来了？老虞啊，你来了都不告诉我，你不地道啊！这么多年了，你怎么尽做不地道的事儿啊……"

"我是不是在做梦啊，怎么真的是你呀……"

老楚喝多了，红着一张脸，指着虞拉拉就开始碎碎念。

虞拉拉见他这样子，也懒得搭理他，拿着包就想要走，却被老楚给一下子扯住了胳膊。

"好不容易见了一面,就这么走了?"老楚嗓子发涩。

我站在他的旁边,隐约看到他的眼底有了淡淡的泪光。这个已经四十几岁,已不再血气方刚的老男人,也只有在面对虞拉拉的时候,能够有这样铁汉柔情的一面。

我戳了戳一旁来早的手臂,示意她和我一起去隔壁的房间,大人的事情,小孩子管不了,那就交给他们自己处理。

这一晚的夜色深沉,人影憧憧。

我和来早扒在门上,一面说着不管大人的事情,一面偷听着他们的谈话。

从平和到激烈,从商量到争吵。

"我今天来只是想要告诉你,你不要对不起囡囡。虽然楚来早是你心尖上的人的孩子,但是对待囡囡和她,你要把心放正了。"

"我的心早在你走的时候就再也不正了……"

"楚霸天,事到如今,你非要讲这些吗?"

"我讲这些怎么了,你分明不爱他!"

……

大人之间的话题果真是劲爆又刺激,可是这刺激当中又带着深深的悲凉。

不管虞拉拉说着怎样正经的话题,老楚都能够扯出一句"我才是你值得相守一生的人"的"名句"来。

有那么一瞬间,我情感上的天平开始从老楚倾向虞拉拉。

虽然于我而言,他父亲的角色扮演得很好很好,可是对虞拉拉来说,

无论是前夫还是丈夫,他都不称职。

感情上的骗子。

兴许在那一刻不仅我这么觉得,就连虞拉拉也是这么觉得,她似乎有些忍受不了了,也不愿意跟他多说些什么,扔下了一句"去你的鬼爱情",就头也不回地走了。

在门后面的我几乎都能够想象到她夺门而出的场景。

一定倍儿帅,倍儿酷。

她从来都是这样一个女人,柔弱却不可欺。

在当年老楚选择背叛她的时候,他们故事的结局就已经定下了。即使这几年,心上的伤口已经结痂,可到底还是会疼,正如破了的镜子不可能重圆。

所谓父母爱情,在我的故事里,不过如此。

晚上,我躺在床上读完了张爱玲的《红玫瑰与白玫瑰》,窗外月色朦胧,在我陷入深思的时候,手机短信的声音突然响了起来。

我拿起手机,是虞拉拉发给我的短信。

上面写着:"囡囡,爸爸爱你,妈妈爱你,爸爸妈妈在最好的年纪,不曾相负。"

最好的年纪,不曾相负。

我望着窗外,一时之间,鼻头有些发热,竟有些想哭。事实上,我也真的哭了,抱着被子哭了个昏天黑地。

在虞拉拉给我发了短信后,隔壁的谢沉也给我发了短信。

他说:"当有那么一天,你觉得难过的时候,请你相信,同一片

天空下会有人比你更难过。"

我苦笑了一下,一面抹着眼泪,一面打字问他:"那你呢,你也有难过的事情吗?"

这话发出去以后,久久都没有得到回应。

过了很久,在我以为谢沉不会回我的时候,手机突然又亮了。

是一句非常简短的话:"父母健在方是乐事。"

谢沉极少数对我说如此平和的话,话里还透着十足的悲凉。

我这才想起,在谢家,我从来都没有见过谢母。

一时之间,心头也不知是个什么滋味儿。

侧躺在床上,我把手机放到枕头下面,突然就回想起了很久以前在书上看到的一个故事。

一个女孩儿因为没有一双好看的鞋子而哭泣,直到她看见一个没有脚的人……

第二天早上,谢沉骑车带我去上学,我一直坐在他的身后碎碎念,念的无非就是"你看,谢叔对你多好,我爸对你多好"这样的话。

年少的我,词汇贫乏得很。

在昨晚谢沉给我发了那样的一条短信之后,我就理所当然地觉得谢沉比我更需要安慰,因此,这样的话我重复了一路。

谢沉一开始选择性地忽视我的碎碎念,后来,他似乎是听烦了,停下车的时候非常凌厉地扫了我一眼,那眼神简直像要杀死我。

"你给我闭嘴,我昨天跟你说那些不是让你同情我!"他冲我低

吼了一句,转身就走。

走了两步之后,他又突然神色严峻地杀了回来,目光犀利地扫了我一眼,警告道:"你不许跟别人说这件事情,听见没有?"

我慌忙小鸡啄米一般地点了点头,为了防止这货杀人灭口,不敢再多言语。

3.

自打我那老母亲来过一次以后,老楚在家里面待着陪伴我和来早的时间倒是越来越多了。

初三的时光过得飞快而又平静。

在距离中考还有两周的时候,原本没有什么波澜的日子却被来早打破——素来不惹事的她被陈皮叫去办公室的次数越来越多,从两天一次最终发展为一天五次。

"上次被陈皮往办公室叫那么勤的孩子不是徐阳嘛,后来被劝退了,来早不会出什么事儿了吧?"

在来早这一天第四次被陈皮叫走之后,乔婧婧有些耐不住性子了,便回头来问我。

我摇头,以同样困惑的目光看着她。

这段时间以来,来早正常得不能够再正常了。天天按时吃饭,按时睡觉,每天跟我打招呼的时候也是露出八颗牙齿的标准微笑。

"等来早回来了,我偷偷去问一下陈皮吧。"我说。

乔婧婧赞成:"好主意!"

陈皮的办公室里面。

"什么,你们都不知道?"正在喝水的陈皮在听到我问他来早最近发生什么事的时候,含在嘴里面的一口茶直接就喷了出来。

"知道什么?"我不解。

"前段时间楚来早过来拿一份医学中专的报名表的时候,是说你们爸爸觉得,两姐妹其中一个文化成绩上有发展就好了,另一个成绩一般般的可以学一项技能,我才把那张表给她,现在她这边都已经跟学医的中专沟通得差不多了,就差等中考了,只要中考成绩出来,她就可以走了,你们竟然不知道?"

中专?

她从来都没说过要去上什么中专啊。

陈皮摇了摇头,也有些急了,将来早重新叫到了办公室,又一个电话将老楚叫了过来。

这事关一个孩子的前途,马虎不得。

老楚来了之后,整个人都处于一种呆滞状态。

他似乎是蒙了,不管陈皮跟他说什么,他要么是点头、摇头,要么是出去抽烟,但就是什么都不说。

直到最后陈皮告诉老楚,这事儿还有挽回的余地,他才回过神来,低下头叹了一口气带着我和来早回了家。

"来早,你老实告诉我,你想要上中专是因为你觉得自己的成绩考不上明川,还是因为你想远离我这个爸爸、远离这个家?"

客厅里,老楚将烟在烟灰缸里面狠狠地碾碎以后,万分认真地看

着来早。

"都不是,我只是因为喜欢。"她站在桌子前,直勾勾地盯着老楚,紧抿着的唇代表了此时此刻她的紧张,可是那一双眼睛里满是坚定。

"人的路不能够走死了,我不喜欢只读书,也知道我不会在文化课上有什么突破了,所以我要去学一些我想学的东西。医学的中专文凭虽然不高,但是出来之后也能够帮扶到病人,我不认为我的选择有错。"

这是第一次,来早在老楚的面前这样坚持,表达出自己的想法。

"翅膀硬了……"老楚苦涩地一笑,拿起桌上的烟,什么都没有再说,便直接转身进了房间。

如今,中专已经不吃香了。一个明明成绩可以上普通高中的姑娘却偏偏要去上中专,这算不算是离经叛道?

更何况,现在对医生的入职门槛要求那么高,仅仅是中专文凭,只能从最基层医院的医生助理一步一步成长为正式医生,非常不容易。

老楚不理解她,就连我也不理解。

于是乎,那一天过后,我和乔婧婧几乎每天都在给来早做思想工作。

"世上的路有千千万万种,走一条大家都在走的,要保险些。"

而来早每次都微笑着看着我们,她说:"那一条大家都在走的路对我而言是死胡同,可是那一条大家都不曾走的路,我已经看到了光。我等不及了。"

她笑起来的时候特像卢浮宫挂着的那个叫蒙娜丽莎的美人。

我和乔婧婧则像是两个在阻止别人奔着梦想而去的小矮人。

4.

尽管在阻止来早填报医学中专的这条道路上,我和乔婧婧是无所不用其极,觍着脸像一块橡皮糖一样地黏着她做工作,然而,最终我们还是失败了。

中考过后的第十四天,是成绩放榜的日子。我和谢沉都如愿以偿地以高分考进了明川的重点班,而来早在没有跟任何人商量的情况下,就拿着一个并不低的分数报了中专。

木已成舟,自然无须多言。

来早的坚定出乎我们所有人的意料。

纵然知道再多劝也没有用了,但我和乔婧婧还是忍不住问出了心头的困惑——

"亲爱的,你为什么那么想要做医生?"

彼时,来早正在玩着乔婧婧家后院里面的沙子,见我们两个都托着下巴眨巴着一双大眼睛看着她,她先是歪着脑袋想了想,然后问我们:"你们生过病吗?"

她的声音很轻很轻,像是一片落叶一样轻飘飘地落在人的心上,可是转瞬之间,又有着重于泰山的感觉。

我和乔婧婧对视了一眼,而后便列举出了很多幼年时生病的事例。比如得了腮腺炎肿着一张大脸盘子去学校,比如吃了根冰棍高烧三天,又或者是洗澡的时候低血糖晕倒等等。

来早摇了摇头,笑了笑,将手中的沙子缓缓地松开。她说:"你

们说的这些都不是我说的那种生病。"

"那你说的那种生病是什么?"我问。

她笑,眼底有淡淡的哀伤:"我说的生病是再也治不好的,一只脚已经踏进了鬼门关,药物已经救不了命,只能够靠精神撑下去的那一种。"她说着,眼底泛起了一种叫作希冀的光芒,"很多时候,病人到了最后关头跟医生在一起待着的时间比家人还要多,我觉得我不是一个读书的料子,但是我坚信如果有那么一天,我成为一名医生,那么我一定能够在最后的关头给病人最好的陪伴。"

来早的话很幼稚,幼稚得可怕,却也很感人。正是应了那句话,有时候最理想的东西最单纯。

我和乔婧婧蹲在她的旁边,有那么一瞬间,觉得来早整个人都发着光,那种光按照语文老师的话来说就是人性的光辉。

善良的灵魂在哪里都会开出花来。

我开始慢慢地觉得,来早的选择未必有错。

虽然现在对医生的文凭要求比以前要高很多,从医学中专毕业后做医生这一条路注定难走,可是啊,但凡有心,这世上的事情都能做成功的不是吗?

我和乔婧婧最终叛变了,没有再跟老楚一起反对来早。

为此,老楚痛骂我是个叛徒,说我是棵摇摆不定的墙头草,但事实上,他自己也是这样,嘴上说着反对,私下里,却精心地帮来早准备好了外出求学的所有东西。

所谓天下父母,大抵都是一样,愿子女好,愿子女乐。

来早终究还是奔着她的远方和梦想而去了。

老楚目送着来早的火车向北奔驰,说:"真不知道这丫头的选择是好是坏。"

我说:"一定是好的。"

因为很多人这一辈子,都未必会有她这样,为了梦想而坚持而远走他乡的勇气。

第四章

可怕的是,直到他远走,
我都不明白,
我为什么迷茫与惶惑

morning ♥

他们说,我是红玫瑰,她是白玫瑰。这个比喻,我不喜欢。

——晓晓 ♥

1.

来早走后不久,明川就开学了。

我怀着无限的憧憬踏进明川的大门。

我理想中的高中生活是沉浸在书本里,安安静静地做题的,然而,事实上,很多事情不如我想的那么美好。

比如开学第一个月,谢沉就把教室里的黑板给砸破了。

我记得当时天气还很热,大家刚上完体育课回来,几乎每个人回到教室的时候都是大口大口地往嘴里猛灌水,只有谢沉和我们班一个叫作庄洲的同学不是,他们站在讲台前,一动也不动,互相凝视着对方。

这个凝视长达半分钟之久,有复杂,有仇恨,还有冰冷。

像极了电视剧里面的场景,仇家相见,并不拔刀,只是两两相望。

我们大家一面喝水,一面怔怔地看着他们。当时刚好学校要举办新生艺术节,大家都以为是不是谢沉和庄洲两个人要参加,并且拿到了什么剧本在排练,本还等着他们说下一句台词,就见谢沉一拳狠狠地向着庄洲挥了过去。

在明川打人后果是很严重的,好在谢沉的拳头并没有落在庄洲的身上,而是落在了庄洲身后的黑板上。

只听得"砰"的一声,那毛玻璃的黑板竟被谢沉生生地砸出了一道裂缝。

"谢沉,你也就这点儿本事!你要是不弄死我,我迟早抢走你的一切!"庄洲狞笑了一声,将手插在校服口袋里面,扫了一眼谢沉,径直走下了讲台。

一时之间,大家都愣住了,我也愣住了。

在那之前,我从不知道谢沉跟庄洲有什么矛盾,只依稀觉得庄洲这个名字有些耳熟,但具体在哪里听过是如何也想不起来了。

由于谢沉那一拳砸下来声音实在是太大了,还没等大家反应过来,班主任"荆老怪"已经闻声从隔壁办公室赶来了。

"造反啊!造反啊!一个个的!"荆老怪一进教室就咋咋呼呼,在看到黑板之后,更是一脸不敢相信,"我的天!这黑板是谁砸的?"

荆老怪情绪很激动。后来很多次他跟谢沉开玩笑的时候,都建议谢沉去打拳,说不定一拳下去就是个世界冠军。

不过那是后话了。

在一系列调查之后,荆老怪认定这是一场由同学之间的口角而引发的怒砸黑板事件。因此,在跟家长沟通过后,他让谢沉和庄洲两个人在教室的后面罚站了一个下午。

其间,我去隔壁班找乔婧婧要了医用创可贴,一点点地把谢沉手上的玻璃碴儿给抠了出来,把创可贴给他贴上了。

虽然他一直抗拒我,却还屡次咬牙问我能不能轻点,但我都没有理会他,一贯地粗暴。

贴完之后，我发现，班上有一大半的同学都用一种看热闹的目光看着我和谢沉。

我的新同桌"林小坏"眨巴着一双小眯眯眼，兴奋地对我说："晚晚，你们真是我见过最甜的一对儿，竟然在教室公然挑玻璃碴儿、贴创可贴……"

一对儿？

我忍不住把眉毛皱成了一个"川"字，非常认真地纠正她："我只是看在他爹和我爹认识的面子上照顾一下他，你想到哪里去了？"更何况，贴创可贴这种事情不在教室做难不成去厕所做吗？

林小坏摇头，对我的解释无动于衷，继续说："不管，晚晚，你就是我心头的朱砂痣，我心头的白月光，我觉得你就是跟谢沉特配，因为我觉得谢沉是班上最帅的男生，尤其是刚刚他那一拳打下去好帅啊！"

她越说越离谱，我有些听不下去了，本想纠正她，谁知她身后的陆江北更听不下去，跃到她的面前，追问她："谢沉帅，还是我帅？"

林小坏不咸不淡地白了他一眼，然后就跟他争辩了起来。从谁帅这个大话题一直谈到谁的唇、谁的鼻更好看；又从谁的唇、谁的鼻更好看一直谈到了谁脸上的痣长得更有福气。

我在一旁听得疲惫极了，最终选择了蜷缩一旁当安静的小白兔。

其实，我一直觉得林小坏跟陆江北特配，真的，他们是真的配。我还记得刚开学的时候，我们中午睡午觉，当时天热得要命，教室中间就只有一个大的中央电风扇，我和林小坏坐在最旁边根本就吹不到，

林小坏趴在桌上睡得头发都跟额头粘湿在了一起,而她的身后,陆江北就拿着一个迷你的小团扇给她一下一下地扇着。

那时候的时光悠悠地转,我趴在林小坏的旁边,余光瞥着身后吊儿郎当样的陆江北,就觉得美滋滋,特甜蜜,只巴望着青春就停留在那一刻,再也不要往前走。

只是,那时候,受三哥的影响太大,我的心里甚至都没有一个喜欢的人。

2.

谢沉的手由于没有及时处理,只是被我简单地贴个创可贴,所以以肉眼可见的速度肿了起来。晚上我跟他回家的时候,他的一个拳头已经跟我的三个拳头差不多大了。

我强行拖拽着他去医院,但是这家伙死倔,不肯去,没办法,我就只好在大街上对他又打又咬。他好面子得很,不愿意在大街上跟我拉拉扯扯,就只好非常不悦地跟我去了,在路上,还恶狠狠地甩给了我一句:"你真是越来越烦人了。"

我白了他一眼,心里面骂他不识好歹,到了医院之后,我一度觉得自己成了谢沉的救命恩人,拯救了他的人生。因为医生告诉我们,他打在黑板上的力道太大,中指骨折了,需要局部固定,并且还要拔掉中指的手指甲。

我一开始听到局部固定的时候觉得还好,可是一听到要拔掉手指甲,我简直就有些颤抖了。

谢沉的脸色则是难看得厉害。

"看吧,凡事莫冲动……"我紧抿着唇,在等待医生做准备工作的过程中,一直将谢沉的胳膊攥得死死的。

"我拔指甲,你抖个什么?"许久,他冷冷地瞥了我一眼。

我这才发现,自己的腿已经抖得不成样子。

"人家女孩子嘛,紧张啊。"我委屈。

"那你就出去,别在这里看着。"

"可是,我好奇。"我咬着唇巴巴地看了他一眼。

他嘴角抽了抽,一把将胳膊从我的手里面扯了出来,一副不想再理我的样子。

孩子嘛,没经历过什么大事儿,总是对这种事情表示出格外好奇。

但这一天的场面比我想象的要惨烈得多。

关于他的手指是怎么被固定的,我已经不记得了,只知道,医生拿着钳子把谢沉指甲拔掉的那一刻,谢沉整个人剧烈地颤抖了一下,他额头上满是细细密密的冷汗,冰冷的薄唇紧抿着,似乎是在极力隐忍着疼痛。在医生给他把手包好,端走医药盘之后,他径直把脑袋抵在了放在桌子上的胳膊上,而那被包扎好的手则虚垂在那里。

窗外有月色照进来,刚好落在谢沉那一张刚毅的极其隐忍的侧脸上,虚虚浮浮之中,我望着他,心口处忍不住一抽。

"是不是很疼?"我问。

他摇头,眉眼虚合着。

认识谢沉三年,这是我见过他最狼狈的一天。如果说从前的他高

冷狷狂得像是个从树林深处走出来的大猩猩的话，那么现在他顶多算是一只受了重伤的小猴子。

我忍不住蜻蜓点水般地拥抱了他一下。

我猜，若是在平日，我这样的话，他一定会用极其严苛的语言羞辱死我，恨不得将我沉塘。但是今天，他没有，只是惊愕地看了我一眼，然后扯着嘴角一笑，虚弱地说："你能不能不要乘人之危……"

谢沉笑起来的时候很好看，原本冰冷的剑眉星目都染上些温情。

我不由得咬了咬唇，抱了他一下，内心想法就是想安慰他一下，但仍旧是大义凛然地告诉他："我这是因为心疼你，所以才要抱抱你。"

谢沉对于我这种耍无赖的言语表示无奈，但由于使不上劲儿，倒是也不能报复我，只得恨声道："楚归晚，你给我等着。"

我嘿嘿一笑，朝他做了个鬼脸，表示对他这种威胁丝毫不在意。我记得上次他对我说"楚归晚，你给我等着"还是暑假的时候，我去他家写作业写得累了，就躺在他房间的飘窗上面一面吃着冰棍一面看电视，后来冰棍儿的汁水落在了飘窗的毛毯上，不过两三天的时间蚂蚁就爬满了他的房间。

当时他气冲冲地把我从床上薅起来拎到他家的时候，一副要弄死我的样子，但最终，也不过就是说了一句"你给我等着"，就没有下文了。

这家伙，就是嘴硬心软，且冷静理智。

所以，我怎么也想不明白，他为什么会跟庄洲起冲突。

这自然是个非常让人困惑的事情，但是尽管如此，我也并没有问他，

而是后来的某个早上吃早饭的时候间接地跟老楚表达了我的困惑。

当时老楚正在咬着手里面的大白馒头,听我这么一说,整个人都愣住了,然后突然问我,跟谢沉起冲突的那个人叫什么名字。

我说,叫庄洲。

闻言,老楚一口馒头顿时就噎在了喉咙里面,咳了好久,在我的不停拍打下才最终给顺了下去。

他原本是啥也不想跟我说的,但架不住我的再三追问,还是告诉了我。其实,庄洲是谢叔的私生子,之前还是跟来早在一个福利院里面长大的。

老楚说这话的时候,有些结巴,结巴当中还带有一丝羞愧。

我愣了愣,只觉得人生真具戏剧性。

合着这俩从小一起长大的老男人犯了同样的错之后还把孩子扔在了同一个福利院里。

我忍不住白了老楚一眼,说:"你们一个个的可真行!"

老楚低下头,啃着手里面的馒头,像个做错事儿的孩子,不再多言语。

3.

这几年,明川每年都会有三个景大的自主招生名额,而名额的分配则是看高一的竞赛获奖数和高三市里面统考的排名,两周之后是全国性的数学竞赛,原定人选是谢沉,可他的右手已经被石膏给包了起来,这让荆老怪特别苦恼。

一连三天,他都在把谢沉往办公室里面叫。

"这事儿关系你将来的前途啊,你就说吧,你现在右手不行,左手行不行!"荆老怪猛地一拍桌子,希望谢沉给他一个完美的答复。

然而,谢沉只是淡淡地扫他一眼:"不行。"

荆老怪急了:"那高三你的自主招生名额不要了?"

谢沉冷冷道:"没有那自主招生的三十分,我也能上景大。"

……

以上场景是林小坏在办公室给荆老怪扫地的时候亲眼见到的,她跟我说这话的时候,眼里面满是小星星,根据她的描述,我都差不多能够想到当时谢沉那股子嚣张骄傲劲儿,也差不多能够想象到荆老怪那张已经跟锅底一样黑的脸。

只是,我唯一想不到的是,谢沉从办公室回来之后,竟是随手甩了厚厚的一沓数学竞赛试卷给我。

"两周后竞赛,我不行,你上。这几天晚上,我们在学校多做一会儿题,我看着你。"他淡淡说道,似乎是知道我下一秒就要反驳他,立即又补了一句,"你爸去年暑假说了,你是要学理科的,你不服管,我可以打你——"

这最后一句话,他是拖长了音调说的,带着一丝丝危险的气息。说罢,还没有等我同意,就直接走掉了。

我丝毫不怀疑,他这是为了前两天的事情在报复我。这家伙,受伤没力气说话的时候明显更可爱一点。

望着桌上那一大摞的数学试卷,我忍不住在他走后,咬牙骂他,就该让他的手都肿成包子。

见状,林小坏痴痴地笑,说:"这是谢沉时刻想着你!什么样的机会都给你!"

我摇头,没有理她。

这满脑子都是粉色泡泡的小花痴,哪怕是谢沉飞上来踢我一脚,她都能够说成是好意。

我拿起桌子上的水杯,郁闷地去打水,刚出教室,就看到了朝我飞奔而来的乔婧婧。上了高中以后,她格外喜爱打扮了,穿着一条小格子短裙,长发披肩,手里面拿着几张明信片,特骄傲地往我的手里面塞。

"我最近认识了个笔友,特爱摄影写东西,将来定是个做大导演的料子,超级厉害的。看,这些明信片上的图片都是他自己拍的!"她特嘚瑟地扬起下巴。

我点头:"就为了这个,你特地飞奔过来?"

她也点头:"对,这可是天大的事儿。"

好吧,我默默地把明信片收进了口袋里,然后拍着她的肩膀祝福她:"愿你那将来要成为大导演的笔友越来越好,愿你早日成为一个名模儿,苟富贵,无相忘!"

乔婧婧笑得眼睛眯成一条缝,说:"不相忘不相忘……"

上了高中后,我发现大家对于梦想的定位都特清晰。正如乔婧婧立志成为一个名模,所以她就开始疯狂地搜寻世界各地的做导演的笔

友。

似乎每个人都有自己想要努力的目标。

而我，既没有喜欢的人，也没有对于梦想的热情。

就连最近唯一一个竞赛机会都是谢沉给我的。

生而为人，这差距咋这么大呢？我抱着水杯不禁叹了一口气，开始有些悲伤地感慨起了自己的人生。

4.

晚自习结束之后，我去厕所洗了一把脸，想着谢沉那家伙说要看着我写数学题来着，用纸巾擦干了脸上的水珠之后便连忙又小跑着往教室奔。

放学的音乐已经响了三四遍，我以为学校已经空荡荡的没有什么人了，所以往教室奔的时候，跑得有点快。结果到楼梯口的时候，刚好一个拄着拐杖的男孩儿拿着试卷往我这个方向走，我一时没刹住，就把他给撞了。

"砰"的一声，他手里面的拐杖和试卷什么的散落了一地，整个人也重重地摔在了地上。

我被撞蒙了，赶忙上前去，一面准备扶起他，一面不停地道歉。

奈何，我的手还没有碰到他的胳膊，就遭到了他的拒绝。他脸色惨白，原本清秀的脸在这一刻几乎没有任何的血色，那手不停地按着右腿的膝盖，似乎是忍受了什么极大的疼痛一样。

"同学，我……对不起，对不起……"

一时之间,我不知道该怎么办才好。

这时候,在教室里面听见了声音的谢沉突然走过来,他先是神色凝重地看了我一眼,示意我后退两步,之后立即蹲下了身子。

"是不是假肢撞扭了?"他的左手轻轻地按了按男孩儿的膝盖。

那男孩儿连连点头。

谢沉耐心地安抚他:"我们先去找个空教室,把它给扭正,之后带你去医院,好不好?"

那男孩儿苍白着脸摆手:"扭正就好了,去医院就不用了,显得我跟碰瓷一样。"

我感激地看了那男孩儿一眼。

谢沉蹲下身子,直接把那男孩儿给背了起来,并且恨恨地瞪了我一眼,一副恨铁不成钢的样子。

我不想跟他那样可怕的眼神相撞,委屈巴巴地拾起一旁的拐杖和试卷,牢牢地跟在了他们的后面。

那男孩儿叫陆小樟。

我去拾他试卷的时候刚好看到了他的名字,那个虽然不在重点班,但是成绩完全可以碾压我们重点班一众孩子的男娃。

我在心里面默默地感叹自己这次是踢到了铁板,只好悲伤地跟着谢沉去了旁边的教室。

谢沉把陆小樟放下之后,左手先是不停地在陆小樟的膝盖上揉着。陆小樟倒是信任他,咬着牙冷汗津津,也不喊疼,只是目光在落在我身上的时候突然想起了什么一样,红着一张脸,指着我说:"你给我

出去!"

谢沉会意地看了我一眼,还没等我反应过来,就已经把我提溜到了门口。

"为什么赶我?"我惊愕地抵住教室的门。

谢沉脸色阴沉了片刻,然后冷冷地扫了我一眼:"把假肢扭正要脱裤子的,你能不能长点儿脑子?一个姑娘家凑什么热闹?"说罢,就"砰"的一声把我给关在了门外。

我不甘心地"哦"了一声,心里想,也没人告诉我啊,怎么能够说我没有脑子哪。

我在教室门口的楼道上徘徊着,突然,有人轻轻地拍了拍我的肩膀,问:"谢沉是在这里面吗?"

我愕然抬头,才发现谢沉的同桌苏因也还在学校。

"对啊,他在这里,你找他有事儿?"

苏因淡淡一笑,不经意地撩拨了一下短发,说:"其实也没有什么事儿,就是他说今天给我补习数学来着,我刚刚有一道题目不会,所以出来找他。"

"哦。"我会意地点了点头,只觉得气氛尴尬。

原本还以为谢沉那家伙是专门留下来看着我的,结果他是专门留下来给美人补习的。

心里面突然有一点堵,那种感觉,就像是吃面包却一口吃下了一只苍蝇一样。

原本面上还有的一点点笑意渐渐凝固住,在谢沉扶着陆小樟出来

的时候，我非常郑重地跟陆小樟道了个歉，之后冷冷地扫了谢沉一眼，就非常潇洒地转身回教室了。

"她怎么了？"陆小樟结结巴巴地问。

谢沉皱眉，没有说话。

教室里，苏因拿着笔在笔记本上记录着，谢沉不厌其烦地给她解答着题目。

明亮的灯光照在少年姣好的脸上，明眸善睐的姑娘非常认真地打量着少年认真刚毅的侧脸，我觉得，他们两个这一幕，简直是可以写出一部小说了。

在苏因问了无数个非常非常幼稚简单的问题，谢沉仍耐心解答之后，我忍不住嗤笑她，说："你这些都不会，你当时是怎么考上明川重点班的？"

苏因似乎被我这句话戳中了伤疤，软软地低下头去，像个自卑的小可怜。

我当时心里面只有一个看法，装的。本还想继续说些什么，在讲台上的谢沉却扔了一个粉笔朝我砸了过来，"砰"地直击我的脑袋，疼得我差点就飙了眼泪。

"你能不能好好说话！"他眸光冷冷地看着我，一记眼刀向我射了过来。

我不服地瞪了他一眼，懒得当着苏因的面跟他吵，便把这口气给硬生生地咽了下去，继续埋着头做我的题，不想跟他多言语。

5.

我跟谢沉冷战了。

在那一晚他拿粉笔砸我之后。

我把这事儿跟林小坏说了以后,林小坏硬是要说我是吃醋。

她说,在她的心里面,苏因就像是九十年代电视里的港星,一朵出尘绝俗,天上掉下来的白玫瑰。而我,则风风火火、爱笑爱闹,是一朵红玫瑰。

说真的,林小坏的话,说得很圆润,一句话夸了我们两个人。

可是,这个比喻,我不喜欢。

也许,我不喜欢这个比喻的原因,只是因为她把我跟苏因放在了一起。

苏因是苏城的妹妹,这事儿我没有告诉任何人,一直搁在心里面藏着。开学的第一天,我就曾看到过苏城来接她。那是我来到云城以后第一次见到苏城,她长得比以前更加好看了,现在好像是在某个大剧院里面演话剧,气度还是跟从前一样,笑起来眉眼弯弯。

她来接苏因的那一天,三哥也在。

几年的时间,他已长成了一个青年才俊该有的模样。

那时候我记得我还是在苏因之前出的校门,可是他偏偏只看到了苏因,没有看到我。

我永远都记得那一天,我站在校门口看着三哥对苏因笑,他笑起来就像当年他对我笑的样子一模一样,满是温柔,满是宠溺。

可是时光蹁跹而过,最终兄妹见面不相识。

我当时就像是失了魂一样,特难过,特悲愤,回家之后就给远在振市的安戈尔打了一通电话。我说我看到了三哥,三哥却没有看到我,接走了他的另一个妹妹。

电话里,安戈尔先是愣了愣,随即就开始安慰我。他说,或许他真的只是没有看到你,真的只是没有看到。

安戈尔也真是词穷得很,翻来覆去就只有这么一句话。

我本来还没有那么难过,被他一安慰,只觉得心一下子就沉到了谷底。他安慰人的话很牵强,真的很牵强,就像是某年某月的某一天,你在街上看到一个朋友,她因为肥胖而难过,而你不停地告诉她"你吃得不多,你吃得不多"一样,啥振奋人心的作用都起不到,反而是白白地添堵。

后来,我消沉了一个星期,就开始不喜欢苏因了。

一个女孩子讨厌另一个女孩子的原因很简单,要么就是她在不经意间抢夺了什么你曾经奉若珍明的宝贝,要么就是她天天在你的背后说你的坏话。

无疑,苏因属于前者。

对于三哥而言,我只是一个继母强行塞给他抚养了七八年的累赘。

而苏因却是他心尖上的姑娘的亲妹妹。

孰轻孰重,可想而知。

林小坏说我和谢沉冷战是因为吃醋。

乔婧婧说我和谢沉冷战是因为我被惯坏了,发小孩子脾气。

而只有我自己知道,我和谢沉冷战是因为不甘心。

我觉得谢沉本来一直都是护着我的,就连之前他解救下我和来早的时候都口口声声地在说,你爸让我护着你。既然他一直标榜着他护着我,他一直觉得他有那个资格教训我,那么他就不该再转过头去帮助苏因。

如果他转过头去帮助苏因的话,那我们之间就只能够破裂。

朋友的敌人是敌人,敌人的朋友也算是敌人。我脑子里面就是这么个想法。

因此,后来谢沉说什么晚上盯着我写数学试卷,我一次都没有再留下来过。三年以来的第一次分道扬镳,在高一这一年,还是为了另一个女孩子。

正所谓不撞不相识,在不跟谢沉一起走了以后,我倒是跟陆小樟非常愉快地顺了一路。他比谢沉有趣多了,谦谦君子,温润如玉,这话形容他再准确不过了。并且,我觉得这家伙真的是超级棒,成绩简直秒杀我们班太多人,在名字已经被荆老怪报上竞赛组,且还不能弯下腰向谢沉请教的情况下,我非常麻利地拜了陆小樟为师父。

起初,陆小樟还非常羞涩地推诿,不愿意自己被称作师父。

后来,我每次下课都追在他的后面脆生生地叫他"师父",久了,他也就习惯了,并且在熟络之后还会甩着他的小拐杖叫我一声"爱徒"。

对此,乔婧婧评论,是傻子撞上了傻子,两个二傻子的欢脱。

我不服气,说:"开心的人遇上了开心的人,所以就会更加开心。你们没有这样子开心过,所以你们才会说我们傻,你们这是嫉妒!"

乔婧婧彼时正在开水机旁喝着水,听到我的话,不禁扶额:"天哪,为什么你跟谢沉还不和好,楚归晚,你现在或许这智商在上升,但是你的情商真是被陆小樟带得越来越幼稚了!"然后,一面绝望地往教室走着,一面喊着"苍天哪,大地啊"。

事实证明,乔婧婧的话是有道理的,跟陆小樟在一起待得久了,我是越来越幼稚了。

陆小樟单纯得像一张白纸,而我呢,本来算是被肆意地抹了几笔的画纸,结果在跟陆小樟待在一起之后,变得越来越白了。

乃至于,有一天,我们一起做题的时候,我闲来无事撕了他的试卷,他也闲来无事撕了我的试卷,后来,他把我的一半试卷黏在了他的试卷上,我也把他的一半试卷黏在了我的试卷上。

结果,在高高兴兴地交上去的第二天,荆老怪就在班会课上当场气愤地批评了我。

"楚归晚,我带你这么久,你的字我是不认识还是怎么的?一半试卷用草书字体,一半试卷用鸳鸯小字,你是不是觉得老师我真的老眼昏花了?"

这是我被批评得最严重的一次。

荆老怪罚我在一天内抄完五百遍"糊弄老师是使人退步的",如果抄不完,就不能够回家。

6.

尽管整整一个下午我都在马不停蹄地抄着,然而,一直到教室里

面的人已经走光了，只剩下谢沉了，我都没有抄完。

11月的天气，渐渐有些凉意，一阵阵晚风席卷而来，兴许是这段时间跟陆小樟玩得太闹腾了，不知不觉中，我竟然就这样睡着了。

醒来的时候，谢沉正坐在我旁边，非常认真地用左手给我抄写着句子，耳边回荡起的是学校广播室播放的陈淑桦的《笑红尘》，少年时爱听老情歌，嘴里面总是念叨着什么"红尘多可笑"，稍稍长大一些之后就再不把这些挂在嘴上，但偶然间重新听到这歌曲的时候则是另一种感觉。

我斜趴在桌上，半眯着眼睛打量着谢沉。高挺的鼻梁，剑眉星目，冷峻的薄唇，这张脸简直酷帅无比。

有那么一瞬间，我觉得自己挺没有骨气的，明明想好了要冷战，明明想好了要一辈子老死不相往来，可是当这人一走近了，我就又有些克制不住。

"谢沉，你还没有向我道歉。"我闷声闷气地对正在抄写着句子的谢沉讲。

谢沉手中的笔顿了顿，没有说话。

我见他不理我，只好又道："你不道歉就算了，我不逼着你。"我一面说着，一面收拾着书包。

只是书包收拾到一半，谢沉突然把我的手腕给拉住了。

"好了，那天是我太凶了，对不起。"

他的道歉来得突兀，我抬眼看他，发现他正直勾勾地盯着我，一双眸子黑亮黑亮的。

谢沉这人素来冷傲，不冷傲的时候也大多身上有一种玩世不恭的痞气，像这样认真低下头道歉的样子几乎从未有过，更何况是用一种哄孩子的语气。

我一时语塞，"嗯"了一声之后，就不知道该说些什么了。

空气中都隐隐涌动着一股尴尬的气息。

他修长的手指径直揽过了我手里面的书包，然后帮我把抄写好的纸都塞进了包里，扯了扯嘴角，说："好了，我知道你原谅我了，我们回家吧。"

他的话极轻，轻到让我觉得，前几天我那样闹着跟他冷战，闹着跟他老死不相往来简直就是在过家家。

只是，我仍旧不敢相信，我们就这么和好了？

晚上十点的云城静谧而又冷清，我和谢沉徒步走在大街上，在距离家门口最近的那个路灯边，他淡淡地跟我解释了几句关于那一天的情况，其中反反复复，说得最多的就是一句，他并没有邀请苏因，是荆老怪执意要求他给苏因补课的。

他重复了好几次。

每一次，我都非常配合地点头说"哦"。

似乎是我说"哦"说得太多了，他原本还算平和的脸色顿时又变得不大好看了。

"我说了这么多，你就说个'哦'？"他问我。

我不解地看着他，没明白他的意思，于是，反问他："不然呢？"

　　他一双眸中仿佛有异样的情绪在酝酿着，在把我送到家门口之后，嘴角径直扯出了一个自嘲的冷笑来："我本来还以为你想要听我一个解释的，看来是我想多了。"说罢，一抬脚，就消失在了茫茫夜色之中。

　　我微微怔住，站在夜色下，盯着他的背影望了半晌，从想不明白他话里面的意思到从心底产生了一股子的迷茫与惶惑来。

　　那股子迷茫与惶惑从心到眼，最后将我整个人都包围。

　　可怕的是，看着他远走的那一瞬间，我自己都不明白，我为什么会觉得迷茫与惶惑。

第五章

八年,那是我年少
最美的时光

morning ♥

人年少时终有执念,可那,或许跟爱无关。

——晓晓♥

1.

冬至那天,云城下了一场很大的雪。

外面银装素裹一片,积雪也深得厉害。

老楚和谢叔商量着两家人一起吃一顿饭,下馆子。

大晚上的,我怕冷得厉害,但是又不忍心扫了这些长辈的兴,于是,只得把自己裹得里三层外三层。

老楚深知他女儿有多么怕冷,对此见怪不怪,倒是谢叔,见惯了他儿子要风度没温度的样子,一路上都嘲笑我裹得像只熊一样。

我对此很不满意,但是又不能对着一个长辈表露出不满的情绪,就只能在背后暗搓搓地一路捡雪球砸谢沉。

谢沉倒是也不恼,被砸了一路,一声不吭。临了,到餐馆的时候,他从地上蓦然捡起一个超大号的雪球,直接扔我脸上。

我被砸得生疼,忍不住瞪了谢沉一眼,并且在心里面问候了他祖宗八代。

餐馆外面大雪纷飞,冰寒无比,里面则是热气腾腾,一片其乐融融。

老楚和谢叔毕竟是穿一条裤子长大的老朋友了,两个人各抱着一壶酒,就可以有无数的事情谈,倒是我和谢沉,大眼瞪小眼,除了吃

菜什么也不知道。

就在我很郁闷这顿饭的目的到底是什么的时候,我的手机突然亮了起来。

是一个陌生号码的短信。

我随手滑开信息,下意识地准备瞥一眼就好,不料,一眼瞥上去,就再也移不开目光。

是三哥的消息。

"晚晚,今天冬至,三哥在云城,想你了。天使巷密度酒吧,希望跟你吃顿饭,等你。"

一如既往的温和语气,我的心"扑通扑通"地跳着,一时之间,很多情绪涌上心头,说不出来的滋味竟是压迫得我眼眶泛红。

紧握着手机,我想都没有想,就站了起来:"爸,谢叔,你们吃好喝好,同学找我玩,我先走了啊!"

说罢,我就飞奔了出去。

谢叔和老楚都喝高了,没空理我,身后传来的就只有谢沉的声音:"大晚上的,你去哪儿?"

他的声音里有着明显的焦急和关切,我听出来了,却并没有理会他。

大雪纷飞的夜晚,我像是一个找到了指路明灯的孩子,在漫天风雪中狂奔着。

我知道我跟三哥之间永远不会有除亲情以外的关系,甚至或许连亲情都未必坚固,可是尽管如此,他也依旧是我年少时心心念念追逐着的白月光。

人年少时,终究会有执念,不是吗?

一路飞奔到"密度"的时候,已经是九点了。

天使巷是云城上流社会往来的最频繁的一条巷子,当我裹着像熊一样的羽绒服出现在密度酒吧门口的时候,刚好就撞到了从酒吧出来的苏城。

她今天似乎是参加应酬的,里面穿了一套格子的小短裙,外面套了一件米白色的呢子外套,蹬着一双小皮靴,妆容精致无比,美得不可方物。

我本来是准备直接略过她进酒吧的,不料,一只脚刚刚准备踏进去,就直接被苏城给叫住了。

"晚晚,等等!"她一双好看的眸子直勾勾地盯着我,"你今天来是找你三哥的?"

"嗯,今天冬至,三哥发信息给我说让我陪他吃顿饭。"我轻声答道。

苏城点了点头,那目光之中有一种浅浅淡淡的我看不懂的情绪在。她对着我微笑,像是想要开口再说些什么,却被旁边的助理拉了拉衣角。

最后,她对我说:"晚晚,再见。"

我愣了愣,也笑着对她说:"苏城姐姐,再见。"

2.

时隔四年,我与三哥的第一次正式见面在"密度"的小包厢里。

他穿着一件黑色风衣坐在桌旁,还是很多年以前的模样,只是昔

日少年的青涩早已经消失不见，完完全全地变成了一个男人。

"三哥。"我微笑着叫他，完全抑制不住心头的紧张。

他见我来了，回报给我同样的微笑，一面说着"我的晚晚长大了"，一面让我坐下。

这一天，我们谈了很多很多话，关于从前，关于未来，也关于梦想。

四年的时光说长不长，说短也不短，却在我和三哥之间形成了一个无形的天堑。通过与他的谈话，我可以清晰地感知到他对于未来、对于事业的野心，与此同时，我也更加清楚地明白，我还是很多年以前那个星光下仰望着他的小小少女，可是，他再也不是当年那个宠我、护我的三哥了。

一场尴尬的会面，满是淡漠与疏离。

他的世界满是用精英思维构筑的商业版图，而我的世界则满是不切实际的属于不成熟少女的粉色泡泡。

现实的一巴掌，打得何其清脆。

兴许是意识到这谈话显得有些枯燥，三哥突然淡笑着提议："晚晚，走吧，我们进旁边的包厢去唱歌吧，刚好那里也有我的几个朋友，唱完之后，就把你送回家。"

我点头，虽然平日里并不是很喜欢唱歌，但想着眼前这人是我的三哥，那个养了我几年的亲人，我也就理所当然地跟着去了。

那时候我的思想简单得很，就是觉着，虽然三哥和我的档次隔了一条永远也追不上的银河，可是我信他，信他永远不会把我往坑里面带。

事实上，也确实是如此。

三哥这人儒雅温柔，他的朋友也是这样，见我去了之后就不停地给我递果盘。十五六岁的小姑娘，对于吃的倒是也没有什么抗拒，我笑着接受，之后就自己坐在一个角落里面吃着。

他们几个先是唱了会儿歌，随后就叫来服务员开了几瓶酒，中途过来问我喝不喝，被我笑着拒绝了。

再后来，其中一个跟我年纪差不多大的男生过来，问我喝不喝果酒，说是甜甜的。我一开始本能抗拒，但在他屡次说了之后，便试着尝了几口，发现果真很香甜，就抱着那个果酒的瓶子再也没松开了。

在十五岁以前，我从来没有喝过酒。

因此，一瓶果酒下肚之后，整个人就觉得晕乎乎的，甚至还有点飘。

看了看手表，时间已经是十一点半了，我想着虽然明天是周日没有课，但也不能太晚回去，就站起来找三哥，却发现三哥不在这个包厢里面了。

跟他同行的一个人跟我说："你在这儿等等，你三哥出去打电话了，等一会儿就来了。"

我点头，就歪在沙发那里睡了一会儿。

然而，我最终并没有等来三哥，而是等来了谢沉。

"你是哪里来的毛头小子，进来干什么？"

迷迷糊糊之中，我隐约听见有人拦他。

后来，谢沉跟他们说了些什么，我不记得了，只知道跟谢沉说话的人之中也有三哥的声音，再之后，我就被谢沉非常不客气地给拖拽回了家。

由于酒喝得晕乎乎，我被谢沉拖两步，就要趴在街边吐一会儿。

差不多把酒都吐出来了，一吹晚风，我也就彻底地清醒了，清醒之后的第一件事情就是茫然地看着把手插在大衣的口袋里、一脸阴沉地看着我的谢沉，我问他："你怎么在这里？"

3.

这个问题不问还好，一问出来，谢沉那张脸简直已经是冰点。

"我不在这里的话是要看着你醉死在酒吧吗？"谢沉冰冷地看着我，一副恨铁不成钢的样子，"高中生喝酒，楚归晚，你真的是越来越让我大开眼界！你现在不用想怎么反驳我说的话，也不用想该怎么应付敷衍我，你就好好想想，你满身酒气回家之后要怎么跟你爸说吧。"

似乎是料到我要说些什么，他一句话直接将我尚未说出口的话给堵死。

我委屈巴巴地扫了他一眼，深知这一次是我的错，便也不再多说什么，只是默默地跟在他的身后，装作小白兔的模样。

谢沉这一次真的是生气了，直到送我回到家里，甚至跟老楚阐述一下我的所作所为，他都没有再看我一眼。

老楚这人素来就把谢沉看得贼重要，在意识到一贯看上去云淡风轻、冷静无比的谢沉竟然也快要发脾气的时候，他果断地收拾了我。

自然，这里的"收拾"指的不是打我，而是没收了我的手机，并且罚我写了一篇长达两千字的检讨让我亲自登门负荆请罪，找谢沉道歉。

那篇检讨我从周末的早上八点钟一直写到了下午的五点钟,可谓是呕心沥血之作,而且一字一句都写得特别真诚,几乎每句话都在发誓一般地说着再也不给他惹麻烦。奈何,人家看都不看一眼,就直接给我扔进了垃圾桶里面。

"你的保证在我眼里看来分文不值。"他淡淡地说道,一个转身回到他自己的房间,一副再也不想搭理我的样子。

我低垂着头,颇有些心疼地看了一眼那安静地躺在垃圾桶里面的检讨,最终选择屁颠屁颠地上前去跟着谢沉。

坐在他的书桌旁边,我疯狂地夸奖他,夸他眉眼好看,夸他的嘴唇性感,夸他鼻梁高挺,总之,能够夸的都夸了,但他仍旧不理我。

我有些急了,便问他:"谢沉,你到底想怎样?"

谢沉眸光犀利地扫了我一眼,过了许久,冷冷地说:"我要你离你那个三哥沈溯之远远的,越远越好,至少在高考之前,不要见他。"

"为什么?"我情不自禁地皱眉。

"没有为什么,我昨天只是跟你爸说你出去喝酒,并没有跟他说你是跟谁出去的,这两年,你妈跟你继父的关系怎样,你心里没点儿数吗?"

他的声音很凉很轻,却像是一把刀子一样狠狠地扎在了我的心上。

很多事情,谢沉看得比我清楚。

早在上一次虞拉拉回来看我,我偷听老楚和她之间关于爱不爱的谈话的时候,就知道虞拉拉在美利坚过得并不好,她和沈伯父的关系也并不像我想的那样融洽。

只是,那时候,我一直觉得大人之间的事情与孩子无关,却忘了,我们活在世俗的环境里,又有什么是真正毫无关联的呢?

当天晚上,我给安戈尔打了一个电话。

我什么话也没有说,安戈尔似乎知道我在想什么一样,噼里啪啦地给我讲了一堆的笑话。

我拿着电话,配合着他不停地笑着,可是笑着笑着,眼角就有些发涩。

我说,亲爱的安戈尔,那个人与我彼此牵挂了八年,可是我知道我跟他不是一路人了,怎么办?

安戈尔笑,我的晚晚,天下没有不散的筵席。

我又说,可是,年少时他一直是我的白月光,亲缘这种东西怎么能说断就断呢?

安戈尔又笑,人年少时终有执念,我的晚晚,那跟爱无关,也跟亲缘无关。

他的话说得很乱,我的问题问得也很乱。

我不知道是跟三哥的那次见面让我觉得自己跟他渐渐地疏离了,还是谢沉的话让我直面了一些我一直没敢面对的东西,跟安戈尔打完电话之后,我就总有一种预感。

预感到我和三哥之间,或许有那么一天,连亲人都不是。

在那个虚妄无知的年纪里,我并没有信誓旦旦地向谢沉保证再也不见三哥,但是在手机被老楚收走之后,我是实实在在地与三哥断了联系。

之后很久一段时间,他再度从我的生活里消失。

我开始渐渐明白安戈尔说的那句话,天下没有不散的筵席。

而所谓成长,注定了就是你认识了一群新的人,开始了一条新的路,与此同时,你也在这条路上,与从前相识的人越走越远。

六岁那一年,在我最无依无靠的时候,三哥给了我一个微笑,那时候我把那个笑容当成了心中的全世界。

后来的后来,我走过了更多的路,见过了更多的人,我再与他相逢的时候仍旧像从前那样仰望着他,可那时候我已经有了我的世界。

所以,无论那次见面的场景看起来多温和,但仍旧改变不了尴尬的本质。

这未必是我们变了,只是,我们长大了。

可是,尽管如此啊,那八年,依旧是我年少最美好的岁月。

不愿丢下,便深埋心底。

第六章
奥林匹斯神话之殇

我们,会是波塞冬与美杜莎吗?

——晓晓♥

1.

高二文理科分科后的整整一年，我都活在被物理操控的恐惧里。高二的暑假，老楚为了给我补习物理，直接把我扔给了谢沉。

谢沉保持他一贯简单粗暴的风格，讲题的时候是耐心认真的，一旦我想要睡一会儿的时候，就保准能直接拿着老楚送给他的戒尺追着我打。

有一次，他拿尺子追我，我就一直跑。

我跑了好久好久，他也追了好久好久，后来我跑不动了，就一面叉着腰，一面喘着粗气对他说："谢沉，你能不能别像个大人一样管我管得那么严！"

当时他淡淡地看了我一眼，然后直接告诉我，不能。

我问他为什么。

他用他漆黑的眸子在我的身上扫了一圈，然后用万分认真的语气告诉我："因为你太愚蠢了，如果你聪明一点，我就不管你了。"

我不记得那天我是以何种姿态跟着谢沉回家的，只是很多年以后，我想起我和谢沉之间的故事的时候，仍会想起那一天，他对我说：你太愚蠢了，你不够聪明。

可是,那个时候分明很多人夸我聪明,说我作业写得快、文章写得好,除了物理以外,其他科目成绩都还不错。

那时候,好多人告诉我,我是被人羡慕的,可只有谢沉,每次都说:你不够聪明,所以我要管着你。

高三开学的第一个星期,学校组织了一个艺术节的活动,林小坏和陆江北、苏因三个人分别参加了陆小樟导演的古希腊神话短剧《奥利匹斯之殇》。林小坏扮演美杜莎,陆江北扮演波塞冬,苏因扮演雅典娜。在故事里,美杜莎与波塞冬相爱,雅典娜嫉妒美杜莎的美貌将其变为蛇的样子,希腊众神皆以为美杜莎是妖,要杀她,最后波塞冬含泪亲手杀妖,悔恨终身。

在他的故事里,美杜莎爱波塞冬,波塞冬也爱美杜莎,虽然美杜莎最终被杀死,可她得到了爱,不可怜。

可古希腊神话的真正故事里,美杜莎爱波塞冬,波塞冬未必爱美杜莎。波塞冬身死,是个悲剧。

这出短剧搬上舞台之后把老师看得一愣一愣的,不过,这不是最关键的,最关键的是,林小坏演完之后,真的是入戏太深了,谢幕时,她径直问了旁边的陆江北一个问题:"我们会是美杜莎和波塞冬吗?"

她这话一出,全场都笑了。

陆江北一愣,也顾不得台下的老师,赶忙说:"那么悲惨的结局,绝不是我们。"

林小坏笑了,陆江北也笑了。

后来,他们的家长就被荆老怪直接给请到学校喝茶了。

十七八岁的天空蓝得很,世界也简单得很,嘴里面含着一块糖,手里面拿着一支笔,心里面再住着一个偷偷喜欢的人,就完完全全心满意足了。

2.

高三的生活很平静很平静,大家都想要为了考一个好一点的大学而努力着,但也不乏有心浮气躁的人,比如庄洲。

他的心思从来不在学习上也就算了,还总是在各种地方给谢沉使绊子,要么趁着打篮球的时候撞谢沉几下,要么就是当谢沉在全班面前发言的时候,故意挑衅。

谢沉这人一般都是极其冷漠的,遇事儿也不尿,但是一遇到庄洲就会忍让到没有底线。

为这事儿,我说过谢沉好几次,甚至想让他以暴制暴,然而,每一次,谢沉都会摇头说算了。

乔婧婧说,像庄洲这样的人,基本上就是自己的生活不好了,也不想别人好,纯属那种死也要拖着谢沉下水的。

对于这个说法,我倒是一丁点儿都不怀疑。

离高考不过五个月的时间,我总觉得以庄洲这种性子背地里面怕是会再对谢沉搞出什么不好的事情来,于是乎,某一天跑操结束之后,我特地留在队伍的后面叫住了穿着个运动短裤,摇摇晃晃地走着,看上去没个正行的他。

"庄洲!"

"楚大小姐,干吗?"他回头,随意地吐掉嘴里的棒棒糖棍子,一副痞里痞气的样子。

"我是特地来告诉你,请你不要再找谢沉麻烦,不然,我就会找你麻烦。"我大步走上前,望着他一字一顿道。

闻言,庄洲一双小眼睛眯成了一条缝。他眯眼的样子很像谢沉,准确地说,是像谢叔。只是,不论是跟谢叔还是跟谢沉比起来,他的身上都多了些戾气。

他一步一步地向我走近,手指在我的肩上猛地戳了戳,然后冷笑:"不自量力。楚归晚,像你这样一直被保护在温室里的花朵,不仅找不了我的麻烦,还会给谢沉增加麻烦!"

我被他这一句话说得哑口无言,微微怔住,最后只得对着他冷笑。

我说:"我才不是只会给谢沉增加麻烦的麻烦精,像你这种到处找事的人最后不会有好下场的!"

我愤怒地诅咒他。

庄洲狠厉地狞笑,轻轻地"哦"了一声,那手指突然就在我的头上敲了敲。

他说:"楚归晚,我知道你跟谢沉的关系很好,你看,我长得那么像谢沉,你也该跟我的关系好才是啊。"

他手指温热的触感在我的额头上留了好久好久,我只觉得一阵恶心,毫不客气地抹了一下我的额头,我往后面退了两步。

我说:"你少恶心人啦,我真是不明白,来早怎么会和你这样的

人做朋友！"

我一面说着，一面回转身，不想再跟他有太多的纠缠。

不料，"来早"两个字似乎戳到了庄洲心里面的某个点。

在我转身的时候，我听见他在我的背后对我大喊。

他说："楚归晚，你们不就是站得比我们高些吗？总有一天，我会让你和谢沉付出代价的！"

他的喊声之中带着无限的对命运的不服，与对我和谢沉的仇视。

我只觉得周身起了一层鸡皮疙瘩，那股凉意，从脚底一直到心底，久久挥之不去。

回到教室，谢沉正在教苏因题目。见我脸色不太好，他问我怎么了，我摆了摆手，没有回答，但是一连好多天都不曾睡好觉，并且时常在梦里面看见庄洲那狰狞无比的样子。

3.

3月，迎来了学校的运动会。

班上女生少，爱动弹的就只有我和苏因。苏因初中的时候就已被列为运动员级别的跑步选手了，高中时亦是如此。因此，体育委员在给她报项目的时候索性直接报了个2000米，由于我和谢沉的关系一直被大家戴着有色眼镜去看，所以大家理所当然地觉得我该去跟苏因争一争。再加上我们班好事者比较多，竟然最后都没有经过我的同意，就直接把2000米给我报上去了。

得知后，我整个人是崩溃的。

我的同桌林小坏鼓励我,说:"人生总要有一场长跑嘛,以荆老怪那性子还真是不指望你在运动会上拿奖,你信不信,只要你跑完,荆老怪就会觉得你是在给咱们班争光!"

我扶额:"信是信,可是这真是要跑个倒数第一,那我可能这嫩脸就不要了。"

林小坏笑着拍打我的肩膀:"没有嫩脸,咱还有老脸不是。"

我委屈巴巴地摇头:"万一老脸也丢尽了呢?"

"那就别出去见人了。"

我叹气,"砰"的一声倒在了桌上。

这毕竟是高中时期最后一次运动会,我在心里面对自己说,一定要争气,一定要争气。因此,运动会前两周,我时常偷偷地翘了晚自习,到操场上练习跑步。

这事儿我没有告诉任何人,但不知怎的,这消息竟传到了陆小樟的耳朵里。

他时常会拄着个拐杖到操场前看我跑步,在我跑步跑累了的时候,递来一瓶水给我,然后我跟他一起坐在操场的草地上看星星看月亮。

陆小樟家是北方的,因为姐姐嫁到了南方,且父母无力抚养他,他就跟着姐姐来南方了。

我问他想不想回北方。

他说不想,他觉得南方挺好的,有人间真情,也有四时风物。

我点头。

我说,我也觉得南方挺好的,如果可以,我想要一辈子待在南方。

陆小樟听我这么说就笑了,他笑起来的时候一双眼睛都在发亮。

他说:"谢沉要考景大,你就不想跟着他去考?连我这样的学渣都想要考景大。"

我笑了笑,用手去拍打他:"景大不是在北方吗,那你还说你要留在南方。再说了,你哪里就是学渣了,我们班主任一直说,你是二班的一匹黑马。"

陆小樟摇头,在我面前晃悠了一下他的拐棍,然后声音突然提高了一个调:"你别东扯西扯别的话题,你就说说吧,谢沉想要考景大,你不想吗?"

我深吸了一口气,抱着膝盖沉思了良久良久。

然后,我说:"景大那么好,谁不想考呀,可是千军万马过独木桥,不是谁想谁就能够上的。"

顿了顿,我继续道:"每个人都想当英雄,可我觉得吧,我不去做那个壮志豪情的梦,我就不会失望。"

闻言,陆小樟笑了,用一种非常认真的目光打量着我。他说:"如果是谢沉希望你跟他一起去做这个英雄梦呢?"

月色下,他眸光沉沉。

我惶惑地看了他一眼,许久,许久,没有出声。

如果是谢沉希望跟我造这个英雄梦?这个问题,似乎我从未想过。

跟谢沉认识了这么多年,我从来没有问过他的梦想,他也从来没有问过我的梦想,我是个走一步看一步的人,而他却是个心中有大计划的人。

我信任他,如同信任老楚一样。

所以,一步一步都是他带着我。每次我为自己的前进而感到心满意足时,似乎从未关心过他想要的是什么。

这一天,我的脑子彻彻底底地乱了。

晚上回家,我跟在谢沉的后面一步一步地走着,他看出来我的心情不是很好,便问我:"你怎么了?"

我摇摇头不说话。

他却笑了笑:"你不像是有事情不说的人,今天心里面藏着的事情莫不是关于运动会?"

我继续摇头,良久,扯住了他的衣角。

月色下,我望着他那一双黑亮黑亮的眸子,问他:"谢沉,你希望我考景大吗?"

他怔了怔,似乎没有想到我会这么问,眸光一下子变得犀利。

"你能考上景大是我最希望看到的结局。"

他的声音一下子变得低沉,低头看我的时候,那一双眸子里写满了认真与希冀。有那么一刻,我觉得谢沉就像我爸一样,比任何人都希望我好,也比任何人都巴望着我好。

我仰着脸看他,说:"那如果我考不上呢?"

他眉头蹙起来,在我的额头上敲了一记狠狠的暴栗,厉声道"怎么尽说这些没长进的话"之后,就一副孺子不可教的神情自顾自地往前走着,不再理我。

我背着个小书包就在他的后面一晃一晃地跳。

我说,谢沉,你给我等着,你能考景大,我也能。
他说,好,我等着。

4.

运动会来临,我还在发蒙,林小坏和陆江北就已经给我领来了号码牌,并且看在我是运动员的分上,不时地给我捶腿、捏肩。

"晚晚,你的大腿肌不要抽搐嘛。"林小坏拍我。

我委屈地点头:"知道了。"

然而,收紧我的大腿肌之后,我的手又忍不住颤抖。

林小坏无奈:"不要怕,乖,摸摸头。"

我吸气,颇有些绝望。

离比赛还有二十分钟的时候,我觉得林小坏和陆江北把我越捏越软了,便不让他们动手了,而是直接就去厕所洗了一把脸,想要振奋一下自己的精神气。

在厕所,我遇到了也同样去洗脸的苏因。

"运动前洗一把脸确实是有助于清醒,别忘了再拉一下韧带,不然在那么多人的操场上面摔倒可是一点儿都不好看!"苏因甩了甩利落的短发,对我一笑,可是那笑意里有非常大的敌意在。

我白了她一眼,说:"不牢您费心,您还是管好自己。"

苏因原本准备踏出去的脚突然就在原地停住了,她回头看我,目光之中带着一丝嘲讽:"被从小宠到大的孩子说话都是这么带着火药味吗?"

我下意识地眯了眯眼睛，回敬道："我不知道你说这话是什么意思，但是我不像你，一天到晚装腔作势！"

苏因冷笑了一声，没有再理我，直接走了出去。

那一刻，我恍惚明白，不仅仅是我对苏因有敌意，事实上，苏因对我，也一直有着莫大的敌意。

于是乎，在这场比赛之前我突然有了一股子想要赢她的冲动。

但是，事实上，在比赛踏出第一步的时候，我就知道，我输了。

苏因就像一支离弦的箭，而我则似一只慢吞吞的小蜗牛。比赛不过才一分钟，我已经光荣地变成了倒数第一名。

我听见乔婧婧和林小坏两个人扯着嗓子一直在喊："晚晚，加油！晚晚，加油！"

学校的塑胶跑道是新修建的，坚硬得很，近一年不停地有学生在上面磕破皮，尽管我努力地想要跑快，但是比起名次来说，我把性命看得更重一些。

与此同时，在我跑第一圈的时候，跟我跑一个项目的人已经开始跑第二圈了，其中一个就是庄洲。

他悠悠地跑到我的旁边，吹着口哨挑衅我："楚归晚，你说说平时都那么优秀，跑步倒数第一，你丢人不？"

"你给我闭嘴！"我懒得理他。

却不料，他竟是直接跑到了我的跑道里面，不停地挡着我前面的路，我往哪儿跑，他就往哪里挡。

天热得很，我已经很累了，看东西也有些重影。他这样一弄，我

就有些急了,忍不住一面跑,一面对他吼:"庄洲,你到底要做什么?"

彼时,谢沉刚好是主席台上面播报比赛情况的,似乎也发现了我们这个跑道的不对劲,原本对运动员的官方鼓励声立刻停止,取而代之的是压着火气的一声:"请跑道上面穿着黑衣服的运动员注意自己的行为!"

庄洲忍不住笑了一下,把嘴里面一直嚼着的口香糖吐了出来。

他冷冷扫了我一眼,说:"哟,某人急了。"

我蹙着眉头扫了他一眼,只见他重新溜回了自己的跑道,之后在我尽量跑到最快的程度时候"嗖"地又回到了我的跑道,以一个非常迅猛的姿势,绊倒了我。

我摔倒的时候,是脑袋着的地。

左半边脸在跑道上磨蹭而过,火辣辣地疼。这一摔,倒真真是把我摔蒙了。刺眼的阳光在我的眼前虚浮着,我闻到我脸上有着浓重的血腥味,耳边有人在叫我的名字,是苏因,她担心我倒在地上发生踩踏事故,也就没再继续跑,而是把我扶到了一边。

我整个人都没什么力气,被扶到旁边的时候,只知道捂着脸,满脑子空空的。

耳边由一开始的单一的苏因的声音,变成了无数人的声音,嘈杂得厉害。再之后,我记得就不是那么清楚了,只知道我蹲着的时候听见了"120"的声音。那时候我被摔得脑子一阵混沌,感觉连脑电波都被摔出去了,我想,如果不是被摔得太混沌了,我的第一反应一定是我是不是摔成猪头了,而不是蒙蒙的,什么都不知道。

5.

我一直觉得上天一定是妒忌我这绝美的容颜,不然它一定不会让我的脸在初中被树皮划伤之后,在高中又被塑料跑道蹭伤。

我的意识重新回到我脑子里的时候,是在医院里面。当时我的脸已经被纱布包扎得好好的了,医生说除了破皮以外没什么大碍,虽然流了很多血,但是碍于我上次脸受伤也没有留下疤痕,所以这一次应该也不会留疤。

与上次不一样的是,这一次老楚不在我的身边。

守在我身边的只有乔婧婧和谢沉。他们的脸色都很不好,尤其是谢沉,眼底的猩红还未褪去,看上去格外疲惫。

"你们怎么都不说话,医生不是说我摔得不严重吗?"我强行扯出一个笑容来,觉得此时此刻的气氛诡异得让人害怕。

"没什么,晚晚,你休息休息。"乔婧婧摸摸我的脑袋,笑容有些牵强。

而谢沉一直眉头紧锁,似乎是在想着些什么,紧接着站起了身。

"谢沉,你别出去!外面乱得很,你还是在这里待着吧,我去给你看看怎么样了。"乔婧婧扯他的衣角,然后回头盼咐我,"晚晚,等一下不管发生什么,别让他走出去知道吗?"

说罢,乔婧婧独自一人打开病房门走了出去,只留下我和谢沉两个人在病房里面待着。

我见他愁眉苦脸的模样,便对着他笑。

我说:"谢沉,你也笑一笑嘛,你笑一笑多好看。"

他抬眼看我,那一双深邃的眸子之中的情绪突然变得有些复杂,但尽管如此,他的嘴角还是扯出了一个牵强的笑容来。

有那么一瞬间,我看着谢沉,其实觉得他挺宠我的,真的,即使脸上有伤,我心里也挺乐呵的,并且觉得老楚这一生做得最好的一件事情就是跟谢沉他爹成了发小,才能够让我有一个如此优秀的邻居。

然而,美好总是不过三秒,在我安安静静地打量着谢沉的时候,病房的门突然被人给踢开了。

是谢叔。

他迈开大步子走上来,二话不说就给了谢沉一拳。

他这一拳的力道极大,谢沉被他打得整个人都往后面退了几步,嘴角霎时之间有了血迹。

"孽子!"谢叔指着谢沉就开始痛骂,"你是才知道你弟弟身体不好吗?我是不是很早之前就跟你说过,他的心脏不好,如果说了些什么刺激你的话也让你多多担待。你今天倒好,你那样打他,万一当时真的把他打死了怎么办?你是想要让我一面白发人送黑发人,一面在家里等着监狱里的儿子吗?"

谢叔指着谢沉的手都有些颤抖,似乎还觉得刚刚那一拳打得不够,又跑到外面找到一根棍子,往谢沉的身上猛砸。

我吓蒙了,也顾不得什么别的,一把上去就抱住了谢沉。

当时的场面混乱得厉害。在我抱住谢沉之后,一直站在门口没有说话的老楚便连忙走了进来,他特怕谢叔拿着棍子误伤到我,于是乎,

在谢叔还不罢休的时候,他一把上前拉住了谢叔。

他对着谢叔大吼:"谢临风,你疯了是不是?你教训儿子,别搭上我闺女!"

谢叔原本激烈的情绪在那一瞬间平复了下来,兴许也是意识到自己刚刚对儿子的行为太粗暴了,他的眼眶有些泛红。他叹了一口气之后,将那棍子直接扔到一边,再之后,摇了摇头,走了出去。

谢叔走之后,我一时控制不住情绪,抱住谢沉就开始号啕大哭。

他也不推开我,只是任我抱着他哭。

倒是老楚在一旁看不下去了,一直在旁边拉拽我:"晚晚,你别哭了,你这样哭老爹心烦!"

我不理他,将谢沉抱得更紧了之后忍不住对老楚吼:"你女儿被人欺负了,你看不见吗?为什么谢沉什么都没有做错,谢叔还要这个样子?"

那个时候,我是真的不明白,不明白为什么明明谢沉做了对的事情,却要被斥责……

老楚叹了一口气,望了我一眼,然后又望了谢沉一眼。

他说:"你们都是好孩子,只是,有很多事情,不是你打我一拳,我还你一拳,就可以结束的。"说罢,似乎觉得在这里有些尴尬,就摇着头走了出去。

我坐在病床上,一直抱着谢沉,死活不肯撒手。最后还是这个姿势维持得太累了,谢沉扯着嘴角笑了笑,然后对我说:"不早了,我们回家吧。"

"嗯。"我乖巧地点头。

由于先前摔倒的时候,腿也在跑道上擦伤了,这一晚,是谢沉把我给背回去的。

月色寒凉,我把我的小脑袋埋在了他的肩头。他的肩膀很宽很厚,我靠在他的身上,还能够闻到一丝丝的肥皂的清香气。纵使这一天真的很疲惫很疲惫,我也仍旧保持着一贯的煽情。

我说:"谢沉,我觉得我爸这一生做得最对的事情就是有一个能够生出你这样的儿子来的发小。"

谢沉点头:"我也这么觉得。"

我笑,然后说:"谢沉,如果我这个性子以后没有人愿意娶,那我就会赖上你。"

他的身子明显僵直了一下。朦胧的月色下,我看到他英俊的侧脸的曲线明显越发柔和了。但是,他凉声对我说:"你这么任性,谁要娶你?"

我撇嘴,有些恼了,就不停地用脑袋磕他的后脑勺。

"别闹。"

"没闹。"

第七章
你伤害了他

morning ♥

那场有关青春的文艺片,还没有开始,就散场了。

——晓晓♥

1.

那场冲突之后,谢叔怕庄洲再挑事儿,就直接把庄洲送出国了。谢叔从来都是个拎得清的人,那天对谢沉动完手之后回家就又后悔了,一个四十几岁的大男人抱着儿子哭个不停,谢沉本就心软,自家老爹又哭成这个样子,当然是选择原谅他。

一场由运动会闹剧开启的家庭斗争最终告一段落。庄洲和谢沉之间的恩怨那是老一辈的责任,不可能一下子就瓦解,而谢叔所能够做的,也就只是将他被命运的不公所蒙蔽双眼的私生子送到一个全新的地方,等待着时间去将一切伤痕磨平。

而我,在脸上的伤好之后,就重新回到了教室。那时已是4月底了,我拿着比以往要努力十倍的劲头来开始复习,我告诉自己,每个人都可以做一场壮志豪情的梦,哪怕不为别人,也要为自己去搏一搏。

林小坏最近变得很多愁善感,时常会问我一些奇奇怪怪的问题。

比如"晚晚,你相信爱吗",又比如"晚晚,如果有一天你跟谢沉分别了怎么办",又或者是"晚晚,年少时的脆弱的感情真的能够敌得过岁月与距离吗"。

她歪着头看起来很苦恼的样子,一双大眼睛扑闪扑闪地看着前方,

无比迷茫与惶惑。

她每次跟我说这些话题的时候,我都不知道该如何回答她。

她的问题关于爱,也关于未来,这其中夹杂着无数的苦恼。可是我觉得,如果这些都跟陆江北有关的话,那根本就没有什么可以苦恼的,因为,那时候,我们所有人都觉得高考之后他们会有一个极好的结局。

可是,事实上并不是如此。

高考的前一周,林小坏和陆江北吵架了。

在教室的过道里,吵得把桌子都给掀掉了。

"你优秀,你厉害,你走!林小坏,别说什么高考之后说再见,我陆江北现在就跟你分道扬镳!"

"砰"的一声,一个凳子被踢倒。

陆江北扬长而去。

"陆江北,你浑蛋,你就不能够为了我努力一点吗?"林小坏蹲在地上大哭出声。

我当时刚刚打完水回来,见到这一幕整个人都惊了,连忙蹲下来问林小坏怎么了。

林小坏抽抽噎噎地对我说:"晚晚,你评评理。我爸妈就我一个闺女,他们希望我好,希望我高考完就把我送出国深造有错吗?他陆江北从来不努力,我和他又不会像你跟谢沉一样有考上同一所大学的可能,我跟他说高考之后可能要说再见了有错吗?一个对自己的未来都不负责的人有什么资格说喜欢啊!"她哭着倒在我的怀里。

我拍着她的背,一时之间,百感交集。

毕业，意味着成长，意味着分离。

十八岁以前，我们就像是活在粉色的童话泡泡里，我们的世界只有幻想，只有梦境，只有无限的美好。可是，十八岁以后，我们面临着的则是现实，无边无际的现实。

陆江北跟林小坏吵架之后，就负气走出了教室，整整一个晚自习都没有回来。

林小坏不放心他，就去找他。后来，她从操场的台阶上摔了下来，一个人一瘸一拐地回到了教室。

那个晚自习，看着一边写作业一边啜泣的林小坏，我就知道，她和陆江北注定是不可能了。

是的，确实如此。

那一天之后，陆江北再也没有跟林小坏说过一句话，林小坏也再没有理会过陆江北，他们两个，就像是各自青春里的浪花，曾在彼此的生命里一闪而过，之后又渐渐地重新沉落进现实的海底。

如果我不曾见过那时候笑容如此绚丽的他们，也许，我还不会很难过，可是正因为我见过，所以林小坏跟陆江北闹掰之后，我一度非常难过。以至于后来，我一直在想，我和谢沉会不会有一天也像陆江北和林小坏一样？

谁知道呢，毕竟我们谁都说不准未来会发生什么样的事情。

2.

高考前五天，老楚一直有些神经兮兮的，总是喜欢时不时地把头

探向窗外,并且和虞拉拉同志打电话的频率越来越高,但似乎并不是讨论我的学习,而是在讨论其他的事情。有那么好几次,在他们深夜煲电话粥的时候,我都特想去偷听,但每次还没有走到那里,就被老楚给轰赶回了房间。

这让我一度怀疑他们是要复婚了。

然而,当我兴冲冲地把这事儿告诉谢沉的时候,谢沉的表情却有些复杂。他紧抿着唇,狭长的丹凤眼半眯了一下,良久没有说话,只是突然问我:"你最近没有跟你三哥联系吧?"

他的一句话把我给问愣住了,我搞不明白,怎么好端端地说我父母的事情,就提到我三哥了呢?

我摇了摇头,说:"没有啊,我已经好久没有见到过我三哥了。"

他这才显露出如释重负的表情来。

"没有就好,答应我,高考之前,别见他。"他凉声道,伸出一根小拇指,就要跟我拉钩。

我轻轻地"咦"了一声,忍不住对谢沉这一种孩子气的行为表示嫌弃。

"谢沉,你真幼稚!"我嘲笑他。

他非常严肃地瞥了我一眼,然后一把拽住我的手,强行逼迫我跟他拉了个钩。

"楚归晚,如果你敢骗我,我就再也不会理你了。"他一双眸子黑亮黑亮的,话语里带着十足的认真,这话几乎是咬牙说出来的。

我当时还沉浸在这么大的人了还玩拉钩上吊这种游戏的震惊里,

丝毫没有注意到他的语气、他的神情,只是点了点头。

很多年以后,我回想起这一天,回想起谢沉当时万分认真的样子,我都会问自己,如果我那时候把他的这句话放在心上了,如果我真的在意了他的关心、他的担忧,那么我们之间的故事会不会简单得多,又会不会是另外一种结局?

可惜,人间万事没有如果。

回不去的终究是回不去。

高考前三天,学校为了让我们大家都沾沾喜气,专门买了二十四盆大鲤鱼,每个班一盆,之后让我们簇拥着到河边去放鱼。

我和林小坏两个人由于生理期的关系,没赶上放鲤鱼的欢腾场景,一度非常难过。后来,当天下午荆老怪就骑着他的小自行车"哒哒哒"地回了家,从家里面带了两条原本准备宰杀的大草鱼给我们。

"草鱼、鲤鱼不是都一样嘛。你们看,人家几个人一条,你们一人一条,多好!"荆老怪摊手,为他自己的聪明才智而自豪。

"啊!老师,别别别……别往我手里塞,我自己慢慢来!"

当我把属于我的那条大草鱼扔进河里之后,林小坏还在"啊啊啊"地叫着。她胆子小,很怕鱼,偏生荆老怪又不是一个怜香惜玉的老师,最见不得年轻人矫情,也不管林小坏愿意还是不愿意,就硬生生地把那条大草鱼塞进了林小坏的怀里。

那条草鱼在林小坏的怀里来了一个神龙摆尾,紧接着,还没等林小坏仔细看它一眼,就一个翻身跃入了河里。

它纵身一跃的时候,尾巴上溅起的水珠全部洒到了林小坏的眼睛里。

这一天的天很蓝,水也很清。

林小坏哭了,我和荆老怪却笑了。

3.

高考前一天,云城下了一场暴雨。从早上五点开始,天空就被大片大片的乌云笼罩,还伴着轰隆轰隆的电闪雷鸣,吓人得很。老楚昨天晚上就没有回来,我打他电话也不接,打虞拉拉的电话也没有人接,内心的担忧和极度的害怕使得我裹着一个毯子不停地在客厅里面胡乱地走着。

就在我不知所措的时候,电话突然响了起来,我连忙去接,竟是三哥的声音。

"晚晚,你爸妈和我一起在云山上给你求了一道高考的符,现在下了大雨,我们没有伞回去,你能不能来云山的清水寺里给我们送把伞?"

他的声音低沉而又沙哑,却像是春日里的和风一样抚平了我原本焦躁不安的情绪。

"好,我现在就来。"

"嗯,等你。"

挂断电话之后,我从书包里拿出一把伞就飞奔出家门,在巷子口的时候刚刚好就碰到了打着伞买完东西回来的谢沉。

"这么大雨,你干什么去?"他问我。

我摸了摸鼻子,本是想要说实话的,但是想到了谢沉一直不喜欢三哥,便只好撒谎:"林小坏在便利店买东西,她的伞坏掉了,我去给她送伞。"

谢沉狐疑地看了我一眼:"真的?"

"真的。"我点头,想着要是再不去爸妈可能就要在云山上等得更久,就转身往云山的方向奔了过去。

谢沉没有拦我,我却依稀能够感受到他在我身后的目光,那样灼热,几乎要把我的背给烧穿。

我没有在云山的清水寺里看到虞拉拉和老楚,也没有看到三哥。在寺庙前的一条河边,我倒是看见了微笑着等待我的苏因。

"怎么会是你,我爸妈呢?"我问她。

苏因望了我一眼,眼神里面满是怜悯,说:"你父母现在应该差不多已经被警察给带走了吧。你难道不知道,就在前两天,你爸失手将沈哥的爸爸打成了重伤,并且你妈还转走了沈伯父名下的一堆资产给你。他们犯了法,本来昨晚就要畏罪潜逃了,但沈哥觉得明天你高考,你父母一定会回来一趟的,所以刚刚就打了个电话支走了你,现在正带着警察去往你家里,准备捉他们呢!"

"什么?你在胡说些什么?我爸怎么会打人,我妈又怎么会转移财产?"我不可置信地看着她。

苏因一笑,习惯性地撩了撩那一头短发,然后对我道:"这世上

的事情有多少是不可能的？你妈跟你继父的关系一直没有你想象的那么好，你继父还时常打她，所以她就想到转移财产了。就在前天，你妈被打得太严重了，被你爸知道了，你爸就上前去教训了你继父，之后，就酿成大祸了……"

她一面摇头，一面啧啧感叹："瞧瞧，楚归晚，你父母的爱情是多么让人动容啊——他们共赴监狱，可就像是共度蜜月一样呢……"

她不停地用言语刺伤我，而我只是怔住，突然想起那几日老楚神情恍惚的样子，以及某天夜里坐到我床边偷偷落下泪水，我那时候还以为是他更年期到了，却不料，这个本就支离破碎的家竟然发生了这么大的事情。

恍惚了一瞬间，我拿着伞，一个转身就要离开，却被苏因给扯住了胳膊。

"你不能走，在警察没有抓到他们之前你不能走！沈哥吩咐过，让我一直看着你的。楚归晚，我告诉你，不让你亲眼看到你爸妈被带走的场景，已经是沈哥对你的仁至义尽了！"暴雨之中，她对我大喊，并且把我的胳膊给拉得死死的。

我有些急了，把伞扔在地上就拼命地去掰扯她强行拉着我胳膊的手……我跟苏因足足在大雨里对峙了半小时之久，她不愿意松开我，我也实在是甩不开她。

后来我实在是没有办法了，就像狗一样低下头去咬她拉住我胳膊的手。她似乎是惊到了，没有想到我会这样，连连后退，一面后退一面说："楚归晚，你疯了是不是？"

是，我是疯了。除了咬她，我别无选择。

然而，我却忘记了苏因的身后是一条河，我的前进意味着她的后退，最终她被我硬生生地给逼进了河里……

那一天的场面混乱得很，在我看到苏因落入河中的那一刻，我整个人就吓得瘫坐在地，只知道刚好谢沉和陆小樟赶来。

谢沉二话不说脱了上衣纵身跳入了河里，而陆小樟则是蹲下身子不停地拍打着我的背，喃喃道："晚晚，没事儿了，没事儿了，晚晚……"

谢沉把苏因从河里救上来。

苏因尚能够动弹，只是万分虚弱。

后来，陆小樟和谢沉两个人一人扶着苏因的一只胳膊，把她搀扶着下了山，这过程之中，我一直紧紧地跟着他们，而谢沉，从头到尾都没有看我一眼，就仿佛不认识我这个人一样。

4.

再之后的事情比我想的要复杂化得多，我跟着他们一起去医院，本该是向苏家人赔礼道歉。

错了便是错了，我认。

她却偏生不把整件事情说清楚，也不说是她拉我在先，口口声声咬定我是因为跟她发生口角才推的她。她躺在苏城怀里哭得梨花带雨，一面欺骗着大家，一面假仁假义地说着原谅我。

我原本想要道歉的心渐渐沉寂下去。在病房里，我忍不住跟苏因吵了起来，我说："你为什么不敢把事情说全了？你为什么不敢告诉

所有人,那是因为你拉扯我在先?"

苏因睁着眼睛惊恐地看着我,生怕我说出什么关键的事情来。

我知道她在怕什么,她在怕我说出三哥的名字,她在怕苏城知道她的秘密。

一个姑娘愿意为了一个男人去卖命,不是爱那又能是什么?

那一天,在苏城的面前,我恨不得把我知道的一切都说出来,可最终谢沉呵止了我,那是第一次我看到他对我露出那样的神情,冷峻、悲悯,还有一丝丝的厌恶。

"楚归晚,你闹够了没有?你是不是觉得所有人都该宠着你,所有人都该让着你?你做错了事情,能不能有一点反省的意识?"

我被他的话语刺伤,忍不住反唇相讥:"如今连你也是护着她是不是?是,我是推了她,我承认我错了,可她也未必清清白白!"

这话,我几乎是哭着吼出来的。

我近乎歇斯底里,而谢沉则始终漠然。

他狭长的丹凤眼眯起来,眼底是无边的寒意,继而冷笑道:"我以为你只是从小到大被宠坏了,却不料,你竟是如此是非不分、冥顽不灵。"

很多年以后,我无数次做噩梦,噩梦中是他的指责,你被宠坏了,你是非不分、冥顽不灵。

从前的无数次,在我做错事情的时候,都会有人告诉我,晚晚,你真是被宠坏了。

可那时候,我从来不觉得这是什么严厉的指控。

可是当谢沉把这三个词压在我身上的时候,我只觉得有千斤顶一般重。

那时候,我情绪乱糟糟的,哭着对谢沉说:"谢沉,你浑蛋!"然后,就飞奔着跑出了医院。陆小樟在后面拄着个拐杖一瘸一拐地追了我好久。

我回到家,看见空荡荡的房子,没有老楚,没有虞拉拉,什么也没有,忍不住趴在地上,放声大哭。

陆小樟走进来,见我在哭,就抱着我一起哭,一边哭还一边说,晚晚,我在,我会一直在。

5.

我不记得我是如何浑浑噩噩地考完了那所谓人生中最重要的一场考试的了,只知道,在高考结束之后,沈溯之就带着一群人到我家里,他穿了一件黑衬衣,仍旧是青年才俊该有的利落干脆的模样,只是跟以往不一样的是,他看我的眼神里没有半点的温情,有的只是无尽的冷漠。

"这是一份别墅转让合同,这别墅是我母亲留给我的遗产,后来被你妈转移给你了,今天我给你五十万,你签了这份合同,再把别墅还给我。"

他手指在桌子上轻轻地叩了叩,敲了敲那份文件,然后静静地点燃了一支烟。

我二话没说就把那合同给签了。他显然没有想到我会同意得那么

快,将合同收进公文包里之后,他冷漠的目光在我身上转了转,然后沉声问:"五十万够吗?"

我笑了笑,将那支票又还给了他。

仰着脸望着这个我昔日里一直奉若神明的人,我只说了一句:"你何必假惺惺?"

他回头看我,眼神之中有一丝怜悯,似乎开口想要说些什么,然而在他开口之前,我从手腕上解下那条星星手链,狠狠地砸向他。

我说,我不需要你们任何人的施舍,从此以后,你再也不是我三哥。

他的脸色阴沉下来,那些想要说的话也最终被咽了下去,之后直接就带着他的手下离开了。

……

我仿佛做了一场大梦。梦里,花好月圆,有宠我的父母,爱我的三哥,还有一个眉眼冷峻一直跟在我身边说要护着我的少年。他们说爱我;他们说要一辈子把我当公主去宠去呵护;他们说要为我造一座城堡,城堡里面没有风雪,没有伤害,没有欺骗;他们说,我永远都会是天下最幸福的姑娘。

可是,一觉醒来,我发现,周围只剩下我一个人,空荡荡的,什么都没有了。

那么悲伤,可又不曾悲伤到极致。

高考过后,我去监狱看过虞拉拉和老楚,我问他们后悔吗。

虞拉拉说,她这一生最后悔的就是跟老楚离了婚。

老楚说,他这一生最后悔的就是没有能够一直牵住虞拉拉的手。

我又问:"我高考成绩就要出来了,即将要去另一座城市,你们有什么要叮嘱我的吗?"

他们都先是摇头,然后笑着对我说,要相信爱,要不放弃爱。

泪在眼眶里面打着转,我一面笑着,一面点头,说,好,我会相信爱,不放弃爱。

6.

我像是一只被圈养太久突然被放回丛林的金丝雀,一时之间迷失了方向。我迫切地需要茁壮成长起来,然而无论是灵魂还是精神都达不到那个高度。

谢沉在了解到那天我为什么推苏因之后倒是来我这里晃悠过好几次,那时候我正在跟陆小樟讨论填报学校的事情,他就在旁边安静地听着,也不发表意见,只是偶尔将复杂的目光投向我。

我和陆小樟打算就留在南方,报考南京的邺大,但为了不跟谢沉在同一个地方,我让陆小樟哄骗谢沉,告诉他我们报了北京的某所大学,让他放心去报景大。

乔婧婧知道这事儿之后打电话给我,她说,晚晚,这学校但凡是明眼人都看得出来谢沉护着你、帮着你,就差把你捧在手心,你做事情不能这么绝。难不成就因为他那天说了你几句,你就要跟他分道扬镳?晚晚,你这事儿做得不地道。

是的,这事儿我是做得不地道,就连林小坏也这样说。

那时候,所有人都觉得谢沉那天责骂我是对的;那时候,所有人

也都觉得，是我忘恩负义。

其实，我比任何人都了解谢沉。

我知道谢沉那天如此暴跳如雷是因为恨铁不成钢，就像当时他爹因为他打架的事情打他骂他的时候一样，他骂我也只是因为他怕我因为任性而造成不可挽回的结局，也只是因为他想护着我。

这世上，除了老楚，没有人比他对我更好。

即使他总是冷着脸，还一副凶巴巴的样子。

即使他那天斥责我的话成了我后来很多年的梦魇，我也知道他是为我好。

可是啊，这个世上的路，终究要自己走。

没有谁可以保护谁一辈子啊。

我想要的也不过是脱离他，独自成长，在能够拼搏的年华里，独自走一遭。

或许，有那么一天，我也可以踏着七彩祥云回来，告诉我的盖世英雄，我的灵魂已足够强大，我的铠甲已足够坚硬，日后由我保护你。

当然，这些话只不过是我的臆想而已，我原本想要笑着走出云城，可是后来，我还是哭了。

因为在我跟陆小樟去机场的那天，谢沉知道了我填报的大学是南京，他飞奔着过来找我。那是我第一次看到那样狼狈的谢沉，头发乱成一团，下巴上都是胡楂，眼睛里一片猩红，宛若一只困兽。

"为什么不告诉我，你要去南京？"他冲上来紧紧地攥住我的手，声音沙哑、低沉。

"就因为那一天,我凶了你,所以你就要把事情做得这么绝,这么不留余地吗?我们这么多年的情分,你权当喂了狗了是不是?"

他一字一字都是咬着牙说出来的,再也没有了从前的冷静。按照陆小樟的话说就是他丝毫不怀疑我如果再绝情一点,谢沉就会给我当场跪下。

自然,那只是他的臆想。当时的情景是,谢沉在吼完我之后,就一把抱住了我,然后沙哑着嗓子问我:"你这么蠢,你一个人在外面,怎么辨别什么是好人什么是坏人?"

这是谢沉的示弱,我知道。

我认识谢沉六年,无论是他跟人打架也好,他爸打他也好,还是跟老师同学的相处也罢,他要么冷静,要么嚣张,从来没有这么低三下四过。

原本的情绪还没有那么激烈,在他说完这句话之后,我的眼泪就控制不住地落了下来。

尽管如此,我还是哭着推开了他。

我狠下心对他说,谢沉,我就是记恨你那天凶我,这件事儿在我这儿过不去了!

我还说,谢沉,从此以后,你走你的阳关道,我过我的独木桥,我们老死不相往来!

最后,我似乎还说了什么,但我忘了,只知道谢沉的脸色一下子变得很难看很难看,而那一双眸子里的温度也降到了冰点,那喉结上下滚动了一下,良久扯出了一个冷笑来,带着一丝决绝的味道。他说:

"楚归晚,你走吧,你今天走了,我这辈子都不会再原谅你了!"

他摇着头,像是一只受伤的孤狼一样冲出了机场。

陆小樟讷讷地看着眼前的这一幕,他说,你伤害了他。

我喉咙发涩,望着他的背影,良久,没有说出一句话来,只是忍不住泪流满面。

飞机起飞彻底离开云城的那一刻,我趴在座位上,望着那蔚蓝的天空和翱翔的飞鸟,我带着浓浓的鼻音问陆小樟,我的青春是不是死了。

陆小樟愣了愣,然后摸了摸我的头。

他说,你的青春还在,真正的故事也才刚刚开始。

第八章
原来我们都这么大了

morning ♥

我爱的爱情，不仅是门当户对，还要灵魂相配。
我英俊的爱人，如果有一天，我爱你，却不告诉你。
那一定是我的灵魂还不够强大，铠甲还不够坚硬。

——晓晓♥

1.

后来有整整两年的时间,我都在跟陆小樟试着创业。我学的是教育学,而陆小樟学的是金融,我们把各自的专业串在一起就开了个补习班。那时候,我们的钱都是合在一起用的。我负责管钱和传播教育理念,而他则负责给我拉学生,我当时也没有什么具体的金钱概念,钱放在我这儿到了大二下学期瓜分的时候核算了一下总数竟然有五十万之多。

那个时候,钱还是挺值钱的,陆小樟这个人比较有商业眼光,在分完账之后就特热情地看着我,说:"晚晚,我们去买套房吧,这地少人多的,将来房价肯定往上涨!"

我想想是这个理,二话没说就同意了。

乔婧婧高中毕业以后没有当成模特儿,也没有找到大的导演合作,而是学了市场营销,这一点和安戈尔撞上了。大二的时候他们刚好一起在雨花台那片区域卖房,就忽悠着我和陆小樟去了,后来他们两个人每个人入了一些钱,原本只属于两个人的一套房一下子变成了属于四个人的。

当时我们买房的房价是五千五一平方米,后来几乎每年都能够涨

不少,尤其是雨花台那种好地方,更是如此。

为此,我一直跟乔婧婧说:"你看,还是姐们儿想着你,有财一起发,有钱一起赚!"

乔婧婧一面笑,一面戳着我的脑袋:"你这个小财迷!"

我也笑,说:"有钱不好吗?"

她说:"有钱好,有钱当然好,但钱不能买到一切。"

我继续笑。

那个时候,我跟陆小樟的创业无疑是非常成功的,但是我总觉得太过空虚了,陆小樟把我的教育理念吹得太高,让我一度有一种忘了初心的感觉。所以,在大四毕业的那年,在我们已经赚得瓢盆钵满的时候,我毅然决然地选择去考了个编制,成了一名奋斗在一线的小学老师。

我第一年工作,对待学生就像是对待补习班的孩子一样,和蔼可亲,结果没过半个月,一群一年级的小朋友就直接欺负到我头上了。

他们在我的保温杯里放鸡蛋黄,在我和他们一起在教室里午睡的时候剪我的头发,甚至还在放学的时候抓住我的包不让我走。

有好几次,我都一直觉得他们要校园暴力我。

"对待不听话的孩子该怎么办?"我问乔婧婧。

乔婧婧冷冷地回我一个字:"打!"

我讷讷地摇头:"那不行,家长可以打,但是我自己上手不大好。"

乔婧婧将手里面的彩妆蛋重新放到彩妆盒里,然后给我想了个主意:"你可以杀鸡儆猴,杀那只最肥的,罚他抄写。"

我狐疑地看着她，说："好吧，我试试。"

后来，我就真的试了。

我杀鸡儆猴用的那只"鸡"是我们班一个叫作苏西施的孩子，大家都叫她小西施，人如其名，长得特好看、特水灵，肤如凝脂，唇红齿白，就一点，特傲，特不服管，并且她的人生格言是：你长得没有我好看，你凭什么管我？

那天，在她屡教不改地扰乱我的语文课的时候，我罚她站起来抄了大概十分钟的书吧。真的只有十分钟，兴许是这个孩子自小就比较受宠，从来没有被这样对待过，她自尊心受挫，一下子就受不了了，在抄了一会儿之后竟捂着小脸从教室的后门跑了出去。

她跑出去之后，我就去追她。

从教室一直追到校门口，保安大叔当时正在跟一个货车司机交涉，根本就没注意到可爱又可怜的小西施，就这样放走了她。

我继续去追她，一直追到了街道一个小卖部里，她眨巴着一双大眼睛委屈巴巴地看着我，然后"哇"的一声哭出来，说："老师，你坏！老师，你坏！"

我感觉我的良心一下子就受到了谴责。我频频点头，说："好，是老师坏！你跟老师回教室好不好？"

她不说话，只是不停地抹着眼泪。

我弯着腰，向她走近，下意识地想去抱她，然而后脑勺被什么重物狠狠地击打了一下，我就晕了过去。

2.

我是被小西施给踢醒的。

废旧的仓库里,我的手脚都被绑住了,整个人晕乎乎的。小西施不停地用小脚踢我,见我醒了之后,一张哭得梨花带雨的脸终于有了点喜色。

她虽然是个孩子,但境况也没有比我好到哪里去,我们都被同样粗的绳子绑着,她的肉比我要白嫩,手腕上已满是血痕了。

我混沌地望了一眼周围,这才意识到我们被绑架了。

"老师,我怕。"她艰难地挪着往我怀里钻,"他们想要找妈妈要钱,就绑架了我们。妈妈很聪明的,她一定报警了。她教过我如果被绑架就先跟同行的人互相帮助咬开绳子,老师,你帮帮我……"她把她白胖白胖的"小爪子"递给我。

我点点头,想着这确实是现在最好的办法了,就一点一点地帮她咬开了绳子。仓库的门始终被关得紧紧的,绑着小西施的绳子被我咬开并且她也帮我解开手上的绳子之后,我就隐隐有一种预感,即使我们能够解开绳子,也未必出得了这个门。

事实证明,确实如此。

仓库无窗,且外面被大锁锁上了,我们根本就出不去。

小西施上前去疯狂地拍打,一边拍一边哭着:"我要见妈妈,坏人,坏人!"

小孩子一旦陷入了一种巨大的情绪里面,就无法再出来。尽管我一直努力地试图去平复她的情绪,然而一点用都没有。她的拍打始终

不曾停下,哭喊声也是。

或许是外面看守的人被她吵得太烦了,将门"咣咚"一下打开,一下子就冲进来了两个彪形大汉,对我们各种威胁恐吓。我见外面两个看守都进来了,突然萌生出一个想法,是不是可以趁着这个机会逃掉?

于是乎,在那两个彪形大汉不停地用粗暴的言语攻击我和小西施的时候,我一把推开他们,拉着小西施就开始狂奔。

那时候的我紧张得很,奔了多久已经全然不知道了,只知道,那个破旧的仓库在山上,我并不熟悉地形,带着小西施深一脚浅一脚地踩着,在那两个大汉快要追到我们的时候,我在小山坡上一脚踩空,把小西施紧紧地护在怀里之后就那样径直滚了下去。

嶙峋的石子不住地摩擦着我脑袋和胳膊,浑身钝痛。我不停地翻滚着,后来磕到一块大石头,我才终于停了下来。耳畔响起的是小西施的哭声,在昏迷之前,我眼前出现的似乎是谢沉的脸,他瘦了,目光比以前更加锐利复杂了,但那张皮囊还是那样好看。

我好像做了一个很长很长的梦。在梦里,眉眼冷峻的少年牵着我的手走了千万里,他为我打架,为我挨打,每次在我需要的时候出现,可是后来,他告诉我,楚归晚,等你长大需要太长的时间了,我不等了……

3.

公安局里。

我睡了很久,醒来的时候是在一个单间的问询室里。面前坐着一个穿着制服,看上去挺年轻的女警察。她应该等我很久了,见我醒了就递了一杯水给我。

我当时脑子还不是很清醒,她问了我几个问题,我稀里糊涂地回答了她之后,她让我签了一张表就放我走了。

从问询室走到大厅的时候,我只觉得我的脑子混沌得厉害,手机铃声响了好几遍,直到旁边的一个警察提醒我,我才想起来接。耳边回荡着陆小樟担忧的声音:"你去哪儿了,怎么平时早放学了,现在都还没有回来?"

我扶着墙站了一会儿,捏了捏眉心。我说:"没什么事儿,就是遭遇个绑架,从山坡上滚了下去,刚做完笔录,过一会儿就……"

话音未落,耳畔已经响起乔婧婧咋呼的声音,应该是她抢过了陆小樟的手机,音调提高了一倍,对我吼:"什么绑架啊?你现在有事儿没啊?摔着哪儿了没有?我们现在就去接你!这么大的事儿,手机刚刚一直不接,楚归晚,你是要急死谁?"

她这人平时都好,就是一旦发生大事的时候有点咋咋呼呼。

我被她吼得脑壳有点疼,撑着墙半晌没有回过神来。

电话那头的声音还在继续着,我张了张嘴,本来还想回点什么话的,手机却被一只手给夺了过去。

"不需要你们来,我送她回去。"

"啪"的一声,电话被掐断。简洁明了,不容置喙的语气。

我诧异地抬眼,出现在我面前的是谢沉。

如果说四年前他还是一个青涩的大男孩的话,那么如今他已经彻底长成一个男人了,薄唇似刀锋,眼神似冰雪。一张脸仍旧棱角分明,只是,清瘦了不少。

我曾无数次地想过我和谢沉的再遇。

我私以为那时候的我应该灵魂足够强大、铠甲足够坚硬,至少应该是以一个清爽干净的形象出现在他的面前,而不是像现在这样,再度落难狼狈。

似乎世事一直是这样轮回,无论这几年我在外面表现得有多坚强、有多能干,但一遇到谢沉,从来都是我弱他强。

"谢沉……"

我轻轻地开口,叫他的名字。

他脸色并不是很好看地望着我。四年后的第一次见面,他的眼神里满是复杂,我一直觉得他应该是有话要对我讲,但还没有来得及开口,旁边就响起了一个非常温和的女人的声音。

"小西施的老师是你的朋友吗,谢沉?"

说话的是小西施的妈妈,季念河。

这个人,小西施在作文里提到过无数次,景大医学博士毕业,药物学教授,后来从事演艺圈经纪人的工作,到如今已经捧出了无数当红明星,是个厉害的角色。

我转过头去看她,原以为这样优秀的人物都应该长得很抽象,但事实上,她长得很好看,好看程度不亚于当年的苏城。

可能是因为季念河这个人的人生经历要丰富得多吧,二十七八岁

的年纪，看上去要比同龄人有味道得多。而跟她比起来，我就像是一只丑小鸭，微不足道。

她上前来温和地对我笑着，为救下小西施的事情向我道谢，并且非常自然地挽过了谢沉的胳膊。

谢沉也不推开她，只是非常平静地看着我："我先送你去医院做个检查，如果没什么事儿，我就把你送回住的地方。"

他们的样子太像一家三口了。霎时，铺天盖地的心酸向我涌来，我连连摇头，扯着嘴角笑："不用了，不用了，陆小樟、乔婧婧他们会来接我的。"

"他们不会来接你了，有我在，没人会来接你。"他蹙了蹙眉头，然后回头温柔地看着季念河和小西施，"念河，你先把小西施送回家，我把这个人送去医院检查一下，等一会儿就去找你们。"

季念河点头，对着他温和地笑，然后轻声道："等你。"

她说等你的时候，特别像一个妻子对一个丈夫说的话。我愣愣地站在那里，不知道为什么，有一种可怜原配变"小三"的感觉。

然后，下一秒，我就被谢沉万分粗暴地给拽走，扔上了车。

4.

八九点的雨花区正是堵车堵得最严重的时候，原先从公安局到省人民医院不过半个小时的车程竟是生生地被拖了有两个半小时之久。我脑壳疼得厉害，他让我坐副驾驶，但是我不愿意，满脑子想着要睡一会儿的我自己拉开车门猫在了他车后排的座位上躺着睡着了。

这期间,我们什么话都没有说。

似乎四年前我离开云城的那一天,我们没有争吵,没有大闹,没有哭泣。

也似乎,真正相亲相爱的人但凡是见了面,只消一个眼神,就可以洗涤干净新仇旧恨。

这一天,是我四年来睡得最安稳的一天,窝在他的车后座上,就像回到了家一样。

到医院的时候,谢沉并没有叫醒我,他将车停在医院门口,下车抽了一会儿烟。

其间,我听到他跟人打电话,在谈什么电影的前期投入、后期拍摄。他的声音很低沉很低沉,低沉到就像是从地狱里面来的一样,似乎跟人争论了些什么,回到车里面的时候,冷冰冰的。

"你大学在景大学的是编导?"揉了揉眉心,我坐起来,忍不住诧异地开口。

他刚刚的谈话让我不得不往这一方面联想。景大最好的是工科,是建筑,当年谢沉以高景大录取分数线三十分的成绩足够报这个专业了,而且我记得谢叔也挺希望谢沉学建筑的,怎么就……

"当年填志愿的时候心情不好,一不小心看错了。"他淡淡道,说得云淡风轻。

我心里"咯噔"一下,特想问一句"那是因为我吗",但是转念一想,这么说的话是不是显得太不要脸、太自作多情了,最终咽了回去。

我一直觉得世间的际遇变化是个很奇妙的东西。

高考之前，我一度想成为一个研究所里的考古人员，最终却去当了老师；乔婧婧一直想做一个大导演，却变成了卖房子的；谢沉一度被荆老怪认为将来会成为一个建筑师，却阴错阳差成了个导演。

我偷偷搜索了一下，还是个很有个性的名导演。

我摇头笑了笑，说："命运还真是阴错阳差。"

谢沉扯了扯嘴角，没说话，猛吸了几口烟之后，把它扔出窗外，后视镜里，他狭长的丹凤眼眯成了一条缝，一双眸子里面的情绪复杂不明。

"陆小樟对你好吗？"他沉声问。

我微微愣住，一时之间喉咙有些梗塞，本欲解释我跟陆小樟不是那个关系，想了想，却又点了点头，含混不清地答："陆小樟是个很善良的人。"

谢沉点头，似乎是早就想到我要这么回答一般："这个世界对你而言都是善良的，除了我。"

他这话一说出口让我顿时有一种如鲠在喉的感觉。

我知道，他还是记恨着那天在机场发生的事情，明明可以选择一种最安静平和的方式离开，明明可以在互相陪伴下长大，我却选择用了一种最刺伤人的方式说出了最让人难过的话。

下车进了医院之后，我们之间的氛围就一直处于一种很巧妙的状态。如果说几年前我还敢在谢沉面前放肆地大闹，那么如今，他脸色一沉下来，我还真是半句话都不敢说。

医生检查完说我只是轻微的脑震荡之后，我借着上厕所的工夫，

就偷偷地一个人从医院走掉了。

四年没见,我发现,我并没有面对他的勇气。尤其是在我知道他已经是一个知名导演,而我却仍旧是一个沉沦的庸众之后,并且他的身边有着像季念河那么好的女人之后,我就更加窝囊了。

我觉得,我跟谢沉之间,早已经是两个世界的人了。

这不再是长大不长大的问题。

而是门不当户不对,就连灵魂都不相配的问题。

所以,我逃走了,毫不犹豫地逃走了。

我还记得一个人回到合住的房子里面的时候,乔婧婧看我的那种眼神,凌厉无比。她问我:"谢沉说在医院等你等得好好的,你人没了,你哪里去了?"

"我打车去了啊。"我支支吾吾地答,下意识地想要直接往自己的房间里面钻,却被乔婧婧拦在大厅,不让我进去。

"楚归晚,你脑子缺根筋啊。你知道吗,在电话里面听到谢沉的声音的时候,我和安戈尔两个人都沸腾了!都以为他送你回来,之后你抓住这次机会,你们两个不仅能够冰释前嫌,说不定还能够在一起,你怎么想的,还逃走?"她恨铁不成钢地看着我,上前来一把就揪住了我的耳朵。

"啊,你松手啊!"

"松个屁,承认喜欢一个人有那么难吗,这几年别人不知道,我还能不知道吗?你的白月光死了,可是朱砂痣一直在心头,你怎么这么胆小啊!"她特气愤地冲我吼。

我"哎呀"一声,一把将她的手打落。

我揉揉被揪红的小耳朵,对她苦涩地笑了一下,说:"骑着黑马的王子摇身一变已经成为自己国度的国王,可是当年任性骄傲的公主已经变成了灰姑娘,这世人如何看,也是如何不配啊。"

乔婧婧被我这一句话说得噎住,一时想不到话来反击我,只得讷讷道:"歪理邪说!"

5.

整整一晚上,我都没有睡着,一则是很多事情没有想通,二则是乔婧婧说完我之后就去跟安戈尔大战三百回合了,他们两个的声音太激烈了,我拿着个枕头捂了自己的脑袋一晚上都没有成效,最终只得肿着两个眼泡去上课。

在放学之前,我接到了来早的电话,庄洲从国外回来了,他们两个商量了一下决定一周后订婚。这事儿她去监狱看望老楚的时候给老楚申报过了,老楚也同意了。现在谢叔正在云城着手操办着,来早的生母去世得早,老楚又被关了进去,这稍微年长一点的亲人也就只有我了,因此,她千叮咛万嘱咐我这次回云城的时候一定要像个家长的样子。

我点点头,总觉得虽然父母都不在,作为长姐也应该给来早准备个嫁妆什么的,于是乎,晚上回去的时候就专门巴巴地去找了陆小樟。

"要借多少?"

房间里,陆小樟蹲下身子开始鼓捣他的保险柜。

"一万。"

陆小樟回头看了我一眼,我以为他是嫌多,然后赶忙委屈巴巴道:"五千也行,赶明儿我出去再做份兼职,就还你。"

他摇头,笑得无奈,从保险柜里拿出了厚厚的一沓远远超出一万的钱给我。

"这里是五万,早几年我们两个合伙开补习班的时候要是没有你,我也没有什么第一桶金,虽然你后来为了你伟大的教育理念抛弃了我,但是终归这几年,你也帮了我不少。"他耸耸肩,拍了拍我的胳膊,"女孩子结婚是个大事儿,你不能够让来早被人家看轻了。"

我不好意思地看了他一眼,想了想,又退了一半给他:"五万的话我可能就要分两年还了,二万五还好些,这个还是还给你。"

他不收,也推给我,然后笑得一副春光灿烂的样子:"一辈子都行,你要是实在过意不去,等到你回云城参加完你妹妹的订婚仪式的时候,帮我一个忙,就当抵了利息了,行吗?"

我觉得这个想法靠谱,笑了笑,也就欣然同意了。这两年跟陆小樟他们合伙买了房之后,身上统共不过还剩下五万多,加上陆小樟的五万,我去银行把它们存在了一张卡里面,凑了个十万。

乔婧婧为此嘲笑我,这两年的所有身家都折在了妹妹的嫁妆上。

我说,还好那是个妹妹,不是个弟弟,要是个弟弟为他结婚买房估计是要去卖血了。

乔婧婧表示赞同,她家里就有两个弟弟,虽然家境一贯富裕,但是两套房也足够让她本来已经年迈的爸妈再东奔西走个十几年了。

我叹气:"感觉结婚好烦啊。"

乔婧婧耸了耸肩膀笑,然后从包里面掏出一张请柬给我:"我和安戈尔也要结婚了,比你妹妹稍稍晚一点,一个月之后回去订婚,订完婚之后可能就不回南京了,去深圳,他爸妈在那里买了个房,让他回去搞房地产。"

我当时就愣住了,没有想到话题跳转得竟然这么快,原本先前还在说着来早结婚的事情,怎么一转眼,身边的人都要结婚了。

"什么?你们这么快,怎么之前我都不知道啊?"

"这不是为了给你们个惊喜嘛。"她笑了笑,眨巴着一双"卡姿兰大眼睛"看着我,然后说,"订婚半个月后我们应该就结婚了,先去深圳收拾新家,到时候你跟陆小樟来,一个做伴娘一个做伴郎啊!"

"好啊。"我点头,然后抱住乔婧婧,"亲爱的,祝你幸福。"

乔婧婧也顺势把我揽在怀里,说:"晚晚,你也要幸福。"

我笑了,笑着笑着,眼睛有些酸涩,这种酸涩不为别的,只是觉得我们穿着校服在校园里面追逐打闹仿佛还是昨天发生的事情,忽然一眨眼,原来我们这么大了。

6.

由于大部分的身家都在那张给来早做嫁妆的卡里面,回云城的时候,为了节约一点,我最终没有买机票,而是订了一张绿皮火车票。这几年,日新月异,大部分古城为了旅游业已经进行了改变,很多建筑都是拆了再加上现代的东西重建,倒是只有云城,因为太过安静狭小,

不曾被人发现,而在那一角落里安安稳稳地待着。

我看累了风景,就歪在座位旁边睡了一会儿,不多久就被旁边一个人给戳醒了。

"晚晚?"

我扭头一看,竟是陆江北。他穿了一件简单的黑T恤,看起来还跟从前一样大大咧咧。这几年,他似乎变老了不少,面上满是风霜,夹杂着白发的头发乱蓬蓬的,搭配着那笑容,让我多了几分心酸。

"好久不见了,江北,你也是准备回云城?"我问。

"嗯,对,回云城了,外面的活儿干起来没那么轻松,这几年就连工地上的事儿也越来越不好干了。我不像你们,还有个像样的文凭,不回云城估计就要饿死了。"他大掌不停地摩挲着,经年累月的重活使得他手上已经出现了无数道的口子。

我别过眼去,一时之间喉咙有些发涩。

"高考之后,我没有再回过学校,所以有很多事情不知道,你和林小坏……还在一起吗?"我小心翼翼地问他。尽管高考之前,我就知道他们已经闹得很僵很僵了,但我仍旧觉得,万一有那么一个万一,他们在一起了呢?

陆江北扯了扯嘴角,一双眸子黑亮黑亮的。

"曾经在一起过吧。高考之后,她来找我,我们顶住了多方的压力去见了她爸妈,我跟她爸妈保证,我一定会给她幸福的,她爸妈就姑且信了我,最终没有把她送出国。你知道的,我没有爸爸,家里只有一个妈妈,小坏她妈心疼我,就跟我说让我做上门女婿,从她大一

开始就住在她家,每个月钱都交给她妈攒着,留着我们结婚用,其实那几年,我觉得还挺快乐的。"

他摩挲了一下他的大掌,扯出一个笑容来:"小坏考的大学就在周边不远,那时候她每个月都会回家一次,我就会带她出去玩,其实那时候还蛮开心的,我们还会把我妈接过来到她家住一段时间,虽然没结婚,但感觉当时也跟结婚了没什么两样了。"

"后来呢?"

"后来就分手了呗。"他对我露出一个痞里痞气的笑容来,看似不在意,可眼底的悲伤是骗不了人的。

"为什么?"我看着他,不明白,他们还曾有过那么好的一段时间,为什么就突然分手了。

"因为有一次小坏的狗咬伤了她二大爷家的孙子,她二大爷当时跟她发生了口角,我护着小坏,上去跟她二大爷打了起来。"他摸了摸鼻子,"后来,她爸觉得我不懂事,就当着她二大爷的面让我滚,我就滚了。

"很荒唐是不是,我在她家待了三年,因为一条狗,我们分手了。这说到底,他们还是因为我没有好的家境,看不起我。"

他笑着,笑得云淡风轻。

我看着他,却怎么也笑不出来。

那一天,在火车上,我许久都不知道该怎么回他。

后来下了火车,临分别的时候,陆江北突然拍了拍我的肩膀。

"晚晚,我告诉你一个秘密。"他的眼睛眯成了一条缝,看起来

神秘兮兮的。

"什么?"我不解地看着他。

"尽管在你们看来,我过得卑微如蝼蚁,可我仍旧相信爱。"

他仰天大笑了两声,在我的微微愣神之中摇摇晃晃地走掉了。

其实,有那么一瞬间,我特别想叫住他,特别想对他大喊,告诉他,陆江北,林小坏她家人对你有成见不是因为你没有好的家境,也不是因为你没有钱,而是因为,你还不够成熟……

当然,这话我并没有说出口。

因为,我知道,论不成熟,我跟他,半斤八两。

第九章
可还相信爱?

morning ♥

　　季念河告诉我,爱这种东西没有先来后到,也没有高低贵贱。你如果爱他,那你就该告诉他。
　　"欲擒故纵"这四个字,从来都不该用在爱你的人身上。

——晓晓♥

1.

回到家的时候,家里面还是老样子,来早和庄洲去拍婚纱照了,门没有上锁。我伸了个懒腰,想要把行李什么的放到自己的房间的时候,竟发现我房间的门是开着的,房间里面有两个人,一个是谢沉,一个是季念河。

季念河正弯腰扫着地,而谢沉正在把我以前收集的印章从小木盒里面拿出来,用抹布一个一个地认真擦拭着。他们动作熟稔得仿佛在自己家自己的房间一样。

我愣怔了片刻,然后忍不住开口问:"呃……我想问一下,那个,谢沉,我爸是不是把房子卖给你爸了啊?"

当时的情景真的太过和谐了,是个人都会觉得,是不是这个家早就易主了。我一丁点儿都不觉得我的这个问题有什么毛病,并且谢沉当时也是淡淡地扫了我一眼,然后特一本正经地告诉我:"是,你爸早就把房子给卖了,连同你房间里面的东西也都卖了。"

我当时一下子傻住了,淡淡地点了点头,说了一声"打扰了",就拿着行李箱又准备往外走。

谢沉也没阻拦我,倒是季念河责怪了他一声,然后出来拉住我:

"这是你家,你走什么?要走也是他走,少听他在那里诓你,你坐下,我们只是来给你收拾收拾。"

我点点头,跟季念河道了一声谢之后,就又重新回去,郁闷地开始从行李箱里把自己的衣物一件一件地拿出来。

房间本就不大,季念河看我拖着个大箱子进来了,便拿着个抹布又开始收拾大厅了。

狭小的空间内就剩下了我和谢沉两个人。

"去个医院,你都能够逃走,从什么时候开始,你这么讨厌我了?"他一面淡淡嘲讽我,一面用抹布把我的宝贝印章擦得"吱吱"响,我丝毫不怀疑他是故意的。

不想回答他的这个问题,我只是把注意力集中在我的印章上。

"谢沉,你轻点擦它,它会坏的。"

他似乎是在报复我转移了话题,我这边话音刚落,他擦得更重了,紧接着,我只听得"啪"的一声,印章上的"小脑袋"被他给擦掉了。

"小脑袋"落地的这一刻,我一低头才发现,这印张不是我收集来的普通印章,而是当时陆小樟亲自给我刻的,刻的是他自己。

"你把陆小樟的'头'擦掉了!"

我心疼地蹲下身子把那个"小脑袋"给捧起来,忍不住怒视了谢沉一眼。

他倒是一点愧悔之意都没有,淡漠地扫了我一眼之后,径直在我的书桌旁边坐了下来,把他先前擦过的小印章一个个地拿出来端详:"不就是个泥人印章嘛,改天赔你一个就是。"

我白了他一眼,说:"这是我过生日的时候陆小樟送的,跟你赔我的能一样吗?"

谢沉被我这话一说,面色骤然就变得不大好看了:"你过生日,我就没送你东西吗,怎么一个小印章你就珍惜成这个样子了?"

我说:"这不一样。"

谢沉反驳我:"这怎么不一样?陆小樟的小印章你巴巴地用个木盒子装着,我送你那些书、拼图什么的,早就没影儿了,都不知被你扔到哪里去了。楚归晚,我发现你这个人对人还真是差别对待。"他冷笑了一声,气得脸色发青,倒是有几分像个孩子。

其实,我也觉得我这个人挺差别对待的,陆小樟送我的小印章就这样被我留在了这个已经不怎么回的家里,而谢沉送我的书、拼图、军刀什么的,我每次搬家搬宿舍都会带着。当然,这事儿谢沉是不会知道的,我也不会让他知道。

将陆小樟的"小脑袋"小心翼翼地捧到书桌上,我问谢沉:"你说我差别对待,那你以前过生日的时候,我送了你那么多的钟,你都用木盒子当珍宝一般地装起来了吗?"

谢沉抽了抽嘴角,脸色霎时就难看得厉害:"你怎么好意思说那些钟?我过了那么多年生日,也就你天天想着给我养老送终。"

"养老送终"这四个字,他几乎是咬牙说出来的。

我怔住,要不是他这样说,我还真不知道,当年我给他送的钟在他眼里是这个意思。

2.

庄洲和来早大概还有一个多小时到家,我跟谢沉争论了一会儿之后,他就被谢叔叫走去买红酒了。

其实,我挺讶异的。

我一直以为庄洲去了国外之后就会跟谢家彻底断了联系,彻底地老死不相往来;我以为,以谢沉的性子,他怎么也不会愿意庄洲进这个家;我也以为,以庄洲的性子,他会恨谢沉一辈子。但事实上,他们如今似乎关系融洽得很。

四年的时间足以改变一个人,原来也足以改变一个家庭的关系。

谢沉从我家出去之后,空荡荡的房子里面就只剩下了我和季念河两个人。

我想,一个能够让谢沉带回家见父母的人一定是在他心里面有举足轻重的地位的。

因此,在去大厅收拾东西的时候,我怕季念河因为我们在房间里面的那番争论而吃醋,就特地去跟她解释了一下。

"我和谢沉从小就这样,总吵架,你别介意啊。"

我拿着个抹布,颇有些尴尬。

而季念河只是从头到尾微笑着打量着我。

"公安局第一次见到你,我就知道那个人是你。"她轻声说道,平静的眸子里面有柔情在流转。

"啊?"

季念河笑,并不解释之前的那句话,只是突然站起身道:"该解

释的人是我。谢沉那个性子的人,脾气别扭,爱恨不形于色的,谁敢跟他在一起,我不是他的女朋友,你不要误会。"

"你不用跟我解释的,我跟谢沉只是普通朋友,你看,他刚刚还跟我吵架呢。"我摆了摆手,笑容有些酸涩,下意识地想要转身离开,却被季念河给叫住了。

"谢沉说,你曾经是个小公主,家里从小宠大的?"她试探性地问我。

我不明白她这句话是什么意思,因此就那样困惑地看着她。

"公主一朝变成灰姑娘或许是很难过,也会觉得自己跟当年朝夕相处的人有差距了。但是爱这个东西,不分高低贵贱,也没有先来后到,如果你爱他,你就要告诉他。"她虽然仍旧是笑着,眸光却犀利了起来,"'欲擒故纵'这四个字,不应该用在爱你的人身上。"她静静地凝视着我,一字一句都很清楚。

她的意思是,谢沉爱我。

我尴尬地笑了笑,说:"'爱'这个字太重了。"

季念河笑,一面笑一面走出了我家。在她的脚踏出房门时,她突然笑着说了一句:"一个一声不吭地追,一个装疯卖傻地躲,年轻人的世界,真是奇怪。"

我怔怔地看着季念河的背影。其实,有那么一瞬间我特别想要反驳她,我想告诉她,我从不曾装疯卖傻,我也从不曾怀疑过谢沉对我那一种不明言的好,只是他太好了,好到我根本没有勇气去面对,去承认。

正如乔婧婧时常对我说的那样,晚晚,其实你根本没有那么傻,有时候你比任何人都成熟得可怕,你知道太过爱一个人会受伤,所以你从不主动言爱。

是啊,这是我的自私。如果爱情的这座城堡里,注定要有人受伤,那希望那个人不是我。

3.

我还是第一次看见来早穿婚纱的样子,美得像一幅画一样。当预订款的婚纱照被她捧在手心里交给我的时候,我在想,天下怎么会有这么美的女人。

照片上,来早一袭洁白婚纱,笑得眉眼弯弯,而庄洲站在她的旁边挽着她的胳膊,也笑开了花。

"岁月真的是会改变一个人啊。你们看,我的来早仍是这么美,但是庄洲好像变得没有以前那么讨厌了呢。"我的手狠命地戳着照片上庄洲的脸,恶趣味地笑出了声。

谢叔在一旁见了也笑,并且怂恿我:"他小时候推你来着,现在变成你妹夫了,你也使劲儿地推他!"

"还有这回事儿,你推我姐?"来早犀利的小眼神在庄洲身上扫了又扫。

庄洲心虚地抓了抓脑袋,连忙蹦跳着到我的面前来:"姐啊,那次我是推了你,可我哥也把我往死里打了一顿,是不?"

他朝在一旁切菜的谢沉使了个眼色,谢沉却故意沉思了一会儿,

然后开口:"打没打你我不记得了,我就记得你把这位姐姐推得摔得很惨,当时那脸摔得跟个猪头一样。"

谢沉这种刻意夸大其词的行为让我们当场见证了一场家暴。

而我对于他说我摔成猪头这种用词表示非常不满,我说:"如果我当时是摔成了猪头,那你就是被谢叔打成了猪头。"

谢沉笑了笑,一双眸子黑亮,没有了先前的冰冷。他的胳膊斜搭在庄洲的肩膀上,声音醇厚低沉,颇有一种要翻旧账的意思:"当年某人可不是这么说我的,什么世间第一美男子,貌比潘安,足足夸了我一路。"

他话里的戏谑之意明显。

我咬唇,想起那一天夸他一路的那些用词,就觉得倍儿羞耻。

似乎那一天,除了这些用词,我好像还跟他说了些什么,对……那一天,我趴在他的背上跟他说:"以后如果没人娶我,我就嫁给你……"他当时似乎还没同意,我气得用脑袋磕了他的后脑勺。

天哪,我深吸了一口气,目光一下子就变得复杂了起来。

与此同时,我发现谢沉眼底的笑意也渐渐消失,取而代之的是目光中无边的灼热。

我闷闷地不再说话,只是低下头继续翻看来早和庄洲的婚纱照。

一大家在一起吃一顿饭,这订婚仪式就算完成了。酒桌上,我把先前准备好的卡当着谢叔的面塞给了来早:"这是姐姐这两年攒的十万块钱,不多,给你做嫁妆。"

来早推搡着不肯要:"我怎么能够要你的钱?"

我坚持塞给了她,说:"长姐如母,这是姐应该做的。"

我们姐妹两个在那里推让了好久,最终,来早才勉勉强强地把那钱收下了。

晚上即将离开谢家的时候,谢叔突然叫住了我。他把我从楼下喊到了楼上的房间里,然后目光特慈爱地看着我。他从书房的一个暗格里拿出了一个质地看上去特别温润的玉镯来。

"谢叔,这是……"

他慈爱地一笑,然后突然拿起我的手腕,就把那镯子给我套了上去。"这是我们谢家给儿媳妇的礼物。你这个是谢沉他妈留下来的,来早那个是我临时去给她买的,价格都差不多,但是你的这个年头老一点。"

我诧异地看着谢叔,下意识地把手抽了回来,想把那镯子给摘下来,却被谢叔给拦住了。

"谢沉那个孩子自小是个偏执性子,但凡认定的就没法改变。你们的路还很长,但晚晚,你放心,就凭我跟你爸那么多年的交情,我怎么也不会让谢沉欺负你。"

我怔怔地看着他,本还想要"可是"一些什么,但最终碍于老人如此灼热期待的目光,还是将原本想要说的话给咽了回去。

下楼之后,我径直去了谢沉的卧室,想着要把这手镯还给他。小时候进他的房间进多了,长大之后也就没有什么敲门的概念,结果进去之后,他就刚好在背对着我穿衣服,余光瞥见我来了,也没说什么,只是飞快地把衣服穿好了。

"做什么?"他回头淡淡地问我。

我本来想跟他说手镯的事情的,余光却刚刚好瞥到了他桌子上的一个物件,那是一张高考准考证,而且……

我蹙了蹙眉头,迈着大步子想要上前去拿,却被谢沉抢了先,他眼疾手快地把那准考证给拿走了,然后厉声问我:"你来我房间就是为了动我东西的吗?"

他一看就是脾气上来了。

我蹙着眉头瞧他一眼,心里却清楚得很,那张分明是我的准考证。

我还记得那一年高考,最后考完的那一天,我只记了准考证号,考完就把那证给丢了,原来,那时候他就一直在背后默默地跟着我,并且把它捡了起来。

"谢沉,你好好说话,你能不能别这么凶巴巴!"我说。

他冷冷地笑了笑,突然一步一步地向我靠近,一直把我抵在墙边,温热的呼吸扑打在我的脸上,一字一句间都带着危险的气息:"楚小姐现在知道好好说话了?四年前在机场的时候,怎么想不到这一点?"

我撇开头,闷声道:"谢沉,你够了!"

他扯了扯嘴角,似乎还想再说些什么,可是目光在看到我手腕上的镯子的时候陡然停住了。

"我爸给你的?"

他狭长的丹凤眼眯了起来,修长的手指在那玉镯子上摩挲了一下。

我点头,蹙了蹙眉头,想要把它给摘下来,却被他一把给按住了。

"老人送东西给晚辈再正常不过,这是女孩子戴的东西,你别还

给我。"他似乎是想到我要做什么,下一秒,眉头就蹙得紧紧的,似乎是为了防止我把那镯子放在他书桌上,他也懒得跟我多言语什么了,只是径直把我从他房间里面推了出去。

随即"砰"的一声关上了门。

我在他的门口怔怔地站了半晌,没有说话。

4.

来早和庄洲都不是讲究仪式感的人,按照云城的习俗,应该是订婚后过一年半载再结婚,但他们觉得我和谢沉两个人难得回来一次,再加上谢叔其实早早地把一切都准备好了,因此,订婚后的第二天,他们就结婚了。

他们的婚礼简单却又热闹。

谢家来接人的时候,我和季念河是挡在新娘的门前收新郎钱的喜娘。我没有经验,丝毫不知道除了收钱以外,还可以闹伴郎,只知道在我忙着登记账目的时候,季念河已经带着一群女孩子疯狂地喊着"脱脱脱"了,能够让那么多姑娘为之激动的伴郎想想也知道是谢沉。

这真是疯狂的一天。

不只是女人疯狂。

男人也疯狂。

因为谢沉真的脱了,而我也加入了季念河的战队,站在谢沉的背后疯狂地叫喊着。

虽然看不到他正面坚实的肌肉,但是在他身后看他的背部轮廓,

也可以想象得到。我和季念河两个人搭肩笑着,笑弯了腰,笑眯了眼。

不过,那一天,令我印象最深的是来早走红毯的时候。

说实话,那一刻我还挺伤感的,别的姑娘结婚都是由父亲牵着手,来早结婚却是由我这个姐姐,于是乎,在走红毯之前,我一直扯着来早的胳膊说,等老楚回来,罚他牵着你在谢家,在整个云城跑两圈,但凡有红毯的地方,都一定让他去走一遭。来早听了笑着拍我,然后说,哪里就那么矫情了。

我笑,矫情怎么了,女孩子一生结一次婚还不准矫情一次了?

来早抱住我,湿了眼眶,我也湿了眼眶,像是个要送别女儿的老母亲。

我们终究会长大,而每个人也终究会找到属于自己的家。望着舞台上终于牵到来早的手、红了眼眶的庄洲,有那么一瞬间,我特想立即冲到老楚的面前,告诉他,你的小女儿真的是嫁了一个特爱她的人,特幸福。

我特想告诉他,你说的要相信爱,要不放弃爱,我们都在努力做着,也终将会做到。

吃饭的时候,我突然就忍不住哭了。

季念河在旁边不停地给我递纸巾,像是安慰孩子一般地摸我的头。她不知道我为什么难过,她只是告诉我,这世上的事情总是越来越好的,你看,他们多幸福。

我点头,一面吸着鼻涕,一面倔强地笑着。

我说,对,他们会幸福的,会一直一直一直幸福下去。

5.

在云城待了五天左右,我又重新回到了南京。

学校最近搞了一个话剧进校园的活动,鼓励我们做老师的多多去大剧院看那些表演得特好的话剧,还给我们每个人发了一张周末的《日出》的话剧票。

原本周末还是想好好在家睡觉的,但由于校长要求大家看完之后都要写一篇感想,我就跟同事明月约好了一起在周末八点的时候在保利大剧院见。

由于先前我也没把这个话剧当回事儿,临了到了剧院,话剧正式开演了,我才知道,出演女主角陈白露的女演员是苏城。

舞台之上,她身姿窈窕、风情万种,一颦一笑之间分明有当年的模样,可是又说不出来哪里不一样。

但凡和三哥沈溯之有关的人和事,这些年我都不愿意再去接触,不愿意再去想起,可是唯独看到苏城,我不愿逃避,反倒是有些心疼。

她瘦了不少。

前几年在酒吧那里见到她的时候她还没有这么瘦,这一次见她倒是觉得她周身都只剩一把骨头了。

我原先想着等散场的时候找苏城寒暄几句来着,问问她这些年过得好不好,却不料,话剧看到一半的时候,陆小樟给我打了电话,说是有个饭局缺个女朋友想让我去一下。

我问他在哪里,等看完话剧我就过去,但他执意让我回家换个衣

服再去,说这次见的是个超大号的老板。

我想想也只好答应了,我猜他前几天说要帮的忙应该也就是这个。

酒局的所在地是南京出了名的商业巨头的聚集地"金迷"。我倒是知道在补习班不开了之后他去卖楼了,只是从来没有想过他卖楼能够卖到跟这些生活在金字塔顶尖上的人生活在一起,好在临行之前乔婧婧给我打扮了一下,也总算不太丢人。

"先前我就知道小樟是个青年才俊,一表人才。却没想到,他的女朋友看上去也是如此端庄美丽,有福气,有福气!"

酒吧里,张总在见到我之后一双眼睛都眯成了一条缝,起先,我还觉得自己穿着一条吊带裙是不是有些少,可见到张总身边的一个妙龄女郎露背露肚子的穿着之后,就完全打消了这个顾虑。

那个女郎看起来就比张总小得多。

张总五十岁左右,那个女郎撑死了二十岁,看起来就比我小却还一口一个"妹妹"地叫我,并且直言不讳地在酒桌上跟张总说"昨儿我打电话给你老婆了"。

我听到这些话就惊呆了,在张总吃着那个女郎递过来的荔枝的工夫,我跟陆小樟咬耳朵。

我问他:"上流社会都这么奔放吗?"

陆小樟用警告的眼神看我一眼,示意我不要多说话,我也就自然而然地闭上了嘴。

我觉得我就是去充当一花瓶儿和复读机的。

其间,我要么是仿照着那个妙龄女郎对张总的态度去对陆小樟,

要么就是陆小樟说一句我就挑重点复读一句。

比如,那个女郎给张总喂酒水,她说:"小张张喝酒。"

我就会给陆小樟喂饮料,我说:"大陆陆喝饮料。"

又比如,陆小樟跟张总说:"我们公司今年盘的这个楼盘它之所以好卖不仅仅是因为它靠在地铁边上,方便住户,还因为它是学区房,这个年头孩子上学那是刚需,到时候分到外国语学校,一定是特好特有前景。"

我就会重复:"真的特好特有前景……真的……"

大抵这场酒局有大半个小时都是这么一种状态吧。

后来陆小樟似乎是觉得我这样有点傻,拿着手帕擦了擦额头上的汗之后就把我给扯到了卫生间。

"晚晚,我找你不是拆台的,你就安静地坐着,做个可爱的美女不行吗?"

我摇头,叉腰,然后一本正经地告诉他:"为啥那个妙龄女郎也那样那个张总就不说她拆台呢。陆小樟,你看看,为什么你这么努力还做不到张总的位置,就是你们对待女人的方式不一样。"

陆小樟摇头,手轻轻地在我的头上敲了敲,然后特认真地看着我,跟我说:"晚晚,这生意真的很重要,你别跟那个姑娘比,没可比性,你是我们所有人手上的稀世珍宝。乖,好好坐着就好。"

他双手靠在拐杖边合十,特诚恳地看着我。

对于他说我是稀世珍宝这一点,我很满意,因此如同太后一般地向他伸出了只手,又被他给重新搀扶了回去。

这场生意谈得还算成功，后半场我全程都在吃荔枝，几乎是一个字儿都没说，然而眼见着他们的合同放在桌上就要盖章的时候，突然迎面走来了一男一女。

我的眼皮情不自禁地跳了一下，还真是到哪里都能遇故人。

迎面走来的穿着一袭黑色小皮裙，烫着个大波浪头的女人是苏因，而她旁边的那个男人则是我的三哥沈溯之。

6.

"张总，这笔单子原先说好了让给我们沈氏去做的，这么搞不大好吧？"沈溯之的目光略过我，手里面端着一个高脚杯，对着张总似笑非笑。

张总尴尬地摸了摸他宽大的鼻翼，然后站起身对着沈溯之道："这事儿怎么说呢，陆总所在的英杰地产确实那个盘子是好，而且你看，陆总的女朋友还是搞教育这一块的，知道近几年那块地会被划为重点小学的学区房，现在学区那是刚需，再加上英杰出的价位确实是比沈氏好，我们都是出门在外做生意的，这在商言商，实在是抱歉。"

沈溯之闻言淡淡笑了笑，倒是也不恼，只是沉声道："那如果这一次我们沈氏能够让出十个百分点呢？"

他这话一出，不止张总和陆小樟愣住，就连我这个平日里面对数字接触得不多的人都呆住了，以往总听人家谈论让利，但再多也不过一两个百分点，这十个……也太多了。

很明显，张总的眼睛已经发亮了。

我用脚踢了一下旁边的陆小樟,示意他能不能想出个主意来,毕竟再这样耗下去,生意真的就要被人抢走了。

陆小樟的脸色仍旧平静,只是眉头蹙了一下,像是想起了什么一样,陡然拄着拐杖站起身,端起酒杯对沈溯之一笑:"沈氏如果当真能够让出十个百分点,那陆某人甘心退出,可是……如果陆某了解的信息不错的话,沈总您并不是公司的一把手,所有的财政大权都在您那两个哥哥手里吧?"

他这话像是一把刀子一样狠狠地扎在了沈溯之的心上。

确实是这样。沈伯父当年也是一贯专宠另外两个儿子,现在他残了在医院,可想而知,沈溯之在家里面的境况应该与当年无异。

我抿了抿唇,眼见着沈溯之的脸色变了变,一时之间,竟是有些心疼他。我想我约莫是傻了,面对一个亲手把我的父母送进监狱的人,我还能够感到心疼。我想,我可能是脑子坏掉了。

安稳地躲在陆小樟的身后吃着荔枝,本着人不犯我我不犯人的原则,我并不想去招惹他们两个中的任何一个,奈何在陆小樟把沈溯之说到哑口无言的时候,偏偏苏因一眼就挑中了我这个软柿子。

"我说呢,跟在陆小樟身后的是谁家的大宝贝儿,原来是你啊。楚归晚,这么多年,你跟人的耐性倒是很长,跟了溯之七年,跟了谢沉六年,跟了陆小樟四年……你可真有意思……"

苏因冷笑着把我拽了出来:"跟你三哥抢生意,你还真是白眼狼……"

我原本想要反驳,然而还没开口,她一杯冰镇红酒已经把我从头

浇到尾。我整个人都蒙了,在场的其他人也都蒙了,我先是听见了陆小樟痛骂苏因的声音,紧接着,我稳稳当当地被一只有力的大手给拉进了怀里。

淡淡的烟草味道在我的鼻翼周围绕来绕去,带着男人身上特有的成熟气息。

是谢沉。

"念河,她是女人,我不方便动手。"谢沉的声音很冷很冷,拉着我往后退了一步之后,他拿起手帕就在我的脸上轻轻地抹着,从额头到嘴巴,他的动作很柔很柔,可我还是怕他碰到我的眼睛,就下意识地闭上了。

然而,就在闭上的那一瞬间,耳边响起一声脆响。

季念河给了苏因一耳光?

我的眼睛倏忽之间睁开,却被谢沉用手覆住,他的声音低沉而又醇厚:"别看,污了你的眼睛,听就好了。"

我蹙了蹙眉头,不明白谢沉这是什么意思,却又听得耳边响起一声脆响。

这是两耳光?

我的心"咯噔"一下提到嗓子眼,决定窝在谢沉的怀里好好听戏。

"季念河,你凭什么打我?"苏因似乎是哭了,带着浓浓的鼻音对着季念河吼。

季念河却笑出了声:"我怎么不能够打你了?这些年,你跟这位沈公子做的龌龊事还少吗?苏因,是谁辛辛苦苦抚养你长大,你们对

得起苏城吗?就凭当年苏城那条命是我捡回来的,你们两个,我都能够替她打得!"

季念河的语调始终高昂,我听见苏因对她吼:"你可以替苏城打我,但是你凭什么因为楚归晚打我?"

季念河笑,冷冷地甩了苏因一句话:"你这样的人,人人得而诛之。"

此时此刻,我看不见苏因的脸,却能够清晰地想象出她跳脚的样子。很好,按照我对苏因的了解,下一秒,她应该是捂着脸哭着跑出酒吧。

一、二、三……

我在心里面默默地数着,果然,我听见了一阵高跟鞋"哒哒哒"跑走的声音。

掰开谢沉的手,我以为闹剧就这样结束了,却不料,沈溯之还没有离开。

他先是目光复杂地看了我一眼,跟我说:"晚晚,三哥对不起你,没能够阻止她。"然后突然拽住了季念河的手,神态在一瞬间有些卑微,"我许久没看到苏城了,不知道她现在怎么样了。季姐,如果可能的话,你能不能带我去看看她?"

季念河冷笑一声,把他的手给甩开了。

"沈溯之,苏城绝不是你这样的男人可以再染指的,你既然当年不信她,你又何必再回来找她?还有,她不想见你,你死了这条心吧。"

季念河的话说得很绝,沈溯之愣怔了片刻之后,有些绝望地垂下眼睛来。

那是第一次,我从他的脸上看到那样的神情,愧悔、狼狈、失落。

我想起下午在话剧院看到苏城的样子,这两年,她瘦了,也更清高了。

这几年,苏城与沈溯之之间一定发生了什么不好的事情吧。

第十章
因为我不是他的谁

morning ♥

这个时代,没有使人颠沛流离的战乱,没有指着脖子让人不敢言爱的封建旧俗,如若我们相知相遇相爱,却因为一些鸡毛蒜皮的小事不曾在一起,那么你我可还对得起对美好爱情的期许?

——晓晓♥

1.

　　一场好戏落幕，沈溯之落寞地走了之后，谢沉不顾陆小樟的拉扯强行把我带上了他的车。

　　季念河与沈溯之、苏因的交锋自然是胜利的，但她似乎并不开心，因此，出酒吧之后，她跟我们寒暄了几句，就独自一人走掉了。

　　"季姐怎么会认识苏城？她们很熟吗？"

　　季念河走后，我透过后视镜望着她远去的背影问谢沉。

　　谢沉紧抿着薄唇，一双深邃的眸子里看不出有什么情绪。他突然将方向盘向左打，淡淡道："念河和她们之间的事儿很复杂，不是你能够理解得了的。"

　　我不服，说："能有多复杂，我怎么就理解不了了，你倒是说说看啊。"

　　谢沉摇头似乎不想搭理我了，方向盘继续左打，车子驶入地下隧道之后开得飞快。这车速让我有些眩晕，我让他开慢点，但一开口他反而开得更快，没办法，我只好把脑袋靠在椅背上闭目养神。

　　也不知道过了多久，车子最终在市中心的一栋别墅旁停了下来。

　　从外面看这别墅倒是没稀奇的，可是一进去，我整个人都惊呆了。

　　这栋别墅除了三楼一整层是让他搞艺术创作的冥想室以外,一楼二楼简直就跟我在云城的家一模一样。

　　从隔间的设计到飘窗上毛毯的颜色、书柜的摆放位置,跟老家没有差别。

　　我微微怔住,趿拉着大好多的拖鞋闯进了他的房间,然后下意识地掀开了他铺在床上的被子。

　　"你在干什么?"谢沉不解地看着我。

　　"我在看有没有跟我长得一模一样的充气娃娃。"我一本正经道。

　　谢沉脸色变了变,斜倚在门上沉声道:"为人师表,你脑子里装的就是这个?"

　　我从他的床上下来,看着他道:"没办法,这年头让人讶异的事情太多了,防贼之心不可无。"

　　谢沉扯了扯嘴角,蓦地朝我这里走过来,大手一伸径直揽住了我的腰:"防贼,防的是什么贼?你都敢穿成这样跟陆小樟去酒吧,你还有什么需要防的?四年不见,你的胆子跟以前一样大。"

　　他温热的呼吸扑打在我的面颊上,我的心跳开始不由自主地加快。

　　他这是吃醋了吗?

　　我的心隐隐有了些喜悦,但那喜悦的小火苗还没有蹿起,他接下来的一句话就像是一盆冷水一样将我从头淋到了脚。

　　"陆小樟给了你十万,你就跟他去酒吧了。楚归晚,你是当年楚叔捧在手心上的宝贝,如今你就这么看轻自己吗?"他凉声道,一双黑亮的眸子紧紧地盯住我。这一瞬间,我才突然明白,为什么来这里

的这一路上他几乎一句话没有跟我讲过。

原来是因为这个。

突然,那些声音好似又在我耳边响起了——谢沉因为苏因的事情质问我,说我是非不分、冥顽不灵、被宠坏了,现在是还要加上一条,不自爱。

我深吸了一口气,眼泪不争气地落了下来。

懒得跟他解释什么,我一把推开他,从床上拿起我的包就准备走,然而,手腕却被他给死死地拉住了。

他的力气大得很,我被他拽进怀里。他漆黑的眸子直勾勾地盯着我,深邃的眼底蓦地染上了几分狼狈:"我们能不能好好说话,话说不到两句就想着走,谁教你的?"

他的声音多了几分沙哑。

我一面抹着眼泪,一面奋力地挣扎,试图从他的怀里面出来,然而,事实上是,被他越抱越紧。

"是陆小樟教我的,是陆小樟教我的,行了吧!"我气急了,就冲他吼。

他的身子明显僵了一下,然而下一秒竟是低下头吻住了我。

"对不起。"

他的唇温热得很,吻住我的那一瞬间,不知为何我的眼泪落得更凶了。这段时间,有太多的情绪在我的心底深埋,从原先的特别想告诉他我长大了,不再任性、不再胡闹,到后来站在他面前的一无是处的自卑,其实,我早已经不知道该如何面对他。

我深吸了一口气,在他吻得尽情的时候猛地推开了他,然后拿着他床上的枕头就开始疯狂地砸他。

这是一场混乱的情绪发泄,从砸枕头到砸玩偶,这个房间里面但凡是软绵绵有填充物的东西,最终都免不了一个结局,鹅毛四溅。

他不恼,也不躲。

最后,我砸累了,直挺挺地倒在了床上看着天花板,他也跟我一起倒在了床上。

窗外夜色深沉,而我们两个就这样躺了一夜。

2.

第二天早上,我醒来的时候,谢沉已经出去了。桌面上贴了张便笺,说他有戏要拍,最近都不会回来,让我自便。

他的"自便"自然也不是邀请我。

说真的,我都不明白昨天他拉我到他家这里到底是为了什么,似乎除了打了一架以外,我们什么也没有做。

乔婧婧以为我遇到了坏人几乎把我的电话都打爆了,然而在我告诉她,我现在从谢沉这里回去的时候,她的语气立刻就变了,变得无比温和,甚至还带着戏谑。我原以为我被谢沉带走的事情,陆小樟回去应该早就告诉她了,但是事实上并没有,陆小樟昨晚根本就没有回去。

他一贯是一个极其自律的人,再加上腿脚不便,鲜有晚归的情况。我有些不放心,便特地去"金迷"看了一下,发现他果真在那儿,喝得烂醉如泥,还有些发烧。

我一个人没法把他给弄进医院,便只好打电话给了安戈尔,最后还是安戈尔把他背到了医院。

"这真真是一场'迷人'的三角关系。"

安戈尔坐在病床旁的小凳子上,一面看着认真地削苹果的我,一面摇头叹道。

我白了他一眼,把苹果塞进他的嘴里:"你出去,我有话跟他说。"

安戈尔拿下苹果,愤愤地看了我一眼就走了出去。

"我这次喝酒跟你啥关系都没有,就是单纯地在你被谢沉拉走之后,又跟张总喝了几杯。"陆小樟温柔地对我笑着,伸出手似乎想要摸我的脑袋,被我躲了过去。

"别乱动了,待会儿走针了。"我按下他的手,然后站起身,对他鞠了一躬。

这几年,陆小樟对我有多好,我比谁都清楚。

我最无助最不知道该怎么办的那一年,是他毅然决然地陪着我来到了南京。

当初开补习班的时候有学生回家晚出了事儿,家长背着煤气罐找来扬言要炸了我们机构,也是他拿着拐杖特凶狠地抡走了他们。

这四年,他知道我一心想着要长大,所以他从不干涉我的任何事情,只是在我的背后默默地不求回报地为我付出一切。

可事实上,无论是他,还是我,都很清楚,我们最多是知音。

不能再多了。

"你不用跟我鞠躬的,你看,人家在医院鞠躬的,都是对着快死

了的人。"陆小樟笑,然后示意我坐下。

他的眼眶有些泛红,然后跟我说:"其实晚晚啊,有些话我一直都想对你说,相比四年前,你长大了不少,可是……'长大'两个字是一辈子的事情,不是四年。你如果硬是要纠结于这个话题的话,那个等你的人会难过的。"

说到这里的时候,他顿了一下,然后笑着申明:"当然,你知道的,我说的那个会难过的,指的不是我哈。我可能要放弃你了,但是我知道,有一个人永远都不会放弃你。

"昨天谢沉带走你的那一刻,我就知道,你不是不接受别人的保护,只是,那个保护你的人一定要是谢沉。"

陆小樟的话很平和很平和,平和得像是一个看透了世事的老者。

我抿了抿唇,没有说话,只是微笑地拥抱了他。

我说,陆小樟谢谢你。

这一天,我们在医院里聊了许多许多。

临别时,他又突然叫住了我。

晚晚,这个时代,没有流离的战乱,没有扰人的封建旧俗,谁想要嫁谁,谁要娶谁,天下有情人大多都能终成眷属,你们为什么要做那个例外?

他笑着看我,一双眼睛亮晶晶的。

晚晚,我喜欢十七岁那一年在学校里笑得无忧无虑,春光灿烂得像一个可爱的小猪八戒一样的你,所以,你一定要幸福。

我回头望他,愣怔了半晌,然后说,我会的。

3.

我和谢沉的故事里,没有机关算尽的男配,没有心思歹毒的女配,有的只是我脆弱的铠甲和他强大的灵魂的强烈对比。

尽管我点头告诉陆小樟我会幸福的,但事实上,我知道,去找谢沉并且哭泣地跟他说"我们在一起吧,我离不开你"这种话是永远也不可能的。

谢沉外出拍戏拍了半个月。季念河很关心我和谢沉,怕我胡思乱想,还专门约我出来喝酒聊天。

我一直觉得季念河是那种你一开始看会觉得难以接近,但越到后来就越喜欢,乃至爱上的女人。她美丽得张扬,又拥有极温和的性子;她是高级知识分子,却不用她的学识去碾压你;最重要的是,她真的会善良地考虑到你的每一点小情绪。

娶妻当娶季念河。

这是她每每找我出来的时候,我内心的想法。

"季姐,你这么好,到底是什么样的男人能够娶到你啊?"在江边喝酒的时候,我一边拿着一个烤串在啃,一边好奇地看着她。

季念河优雅地、小口小口地吃着一个生蚝,听我这么说,竟是愣了愣。

"我还没有结婚。"她的面上有了一丝苦涩。

我怔住，脱口而出："那小西施是……"

"小西施是一个意外，一个我这一生都不能原谅自己的意外。"季念河苦涩地笑了笑，一双好看的眸子里面仿佛在压抑着什么，她转过头突然问我，"你知道我遇见过的最干脆利落的人是谁吗？"

"是谁？"我问。

"苏城。"季念河笑，"她是我带的第一个演员，是那种爱一个人可以爱到骨子里，但是恨一个人也可以恨到骨子里的人。我和她有着同样的遭遇，比如我们都怀过一个抛弃了自己的男人的孩子，苏城能够狠下心把孩子打掉，但是我不能。"

"苏城怀过孩子？"

我愣住了，怪不得季念河痛扇苏因耳光，怪不得当时三哥沈溯之的脸色这么难看。

"哦，我差点忘了，沈溯之是你的三哥，你和苏城应该也很熟。"季念河如梦初醒般地点头，将酒杯里的酒一饮而尽，然后就跟我慢慢讲述起了这四年发生的事情。

跟我猜想的差不多。

沈溯之和苏城之间的感情被苏因介入了，苏因在苏城的酒里下了药，污蔑她跟一个导演混在一起，还拍了照片发给了沈溯之，沈溯之大怒，与苏城之间有了罅隙。

在遭受了亲情和爱情的双重背叛与陷害后，苏城毅然离开，再也没有见过苏因和沈溯之，并且得了抑郁症。

季念河说，有好几次，在苏城绝望地想要割腕的时候，都是她把

苏城给救回来的。

她一次一次地救苏城,苏城却几乎每半年都要瞎闹一次。

恨是一个小圈,病痛却是一个大圈。

"我从不觉得苏城是因为那个渣男和渣妹才得了抑郁症,她是把这世间的事情看得太清楚了,原本干干净净的一个人,一朝被人诬陷入了泥淖,对谁来说都是一种伤害。"

长江边的晚风习习,季念河的长发在空中飞舞着,我心头则蓦地一阵酸楚,脑海中出现了很多小时候的人和事。

我还记得我第一眼见到苏城的时候,她简直惊为天人。

那时候我在想,这世上怎么会有这么美好的人,这么美好的人一定可以幸福一生,却不曾想,故事堪堪才发展了几年,其间的起落竟是如此之大。

眼眶酸涩,我下意识地抚了抚季念河的手,好奇心促使我想要再问几句关于小西施爸爸的事情,然而还未开口,手机就突然响了起来。

耳旁传来乔婧婧如同炮弹一般的声音——

"晚晚!你人呢,洪水都发到你家门口了,我跟安戈尔在夫子庙逛街的时候看见谢沉跟一女人进酒店了。现在安戈尔在那酒店蹲着呢,你快过来!我把酒店的房间号发给你!"

"什么?"我愣住。

紧接着,电话就被挂断了。

然后,乔婧婧发过来信息,告诉我酒店的名字和房间号。

"有事儿你就先撤吧,没事儿。"季念河拍拍我的肩膀。

我点点头,然后就鬼使神差地向乔婧婧说的地方奔去。

4.

说真的,我不知道自己在奔什么,明明知道,即使谢沉跟乔婧婧说的那个女人有些什么,我也没有任何资格去拦。

但是当乔婧婧打那个电话给我的时候,我真的有一种原配要去打"小三"的感觉。

从长江边到夫子庙那里,我足足奔了两个小时,到乔婧婧说的那个酒店的时候,已是凌晨一点了。我可怜的小乔同志裹着一件风衣瑟瑟发抖,依旧在酒店门口为我蹲守。

"你跑着来的?"

"对啊。"我叉着腰大口大口地喘着粗气。

乔婧婧一面吸了吸鼻涕,一面无语地对我喊:"楚归晚,你也太抠门了吧。打个车三十分钟的事儿,你花两个小时,现在人家孩子都快生出来了!"

她说话一向嗓门大,旁边守着酒店的警卫听到声音忍不住地向我们这里投来诧异的一瞥。

我懒得跟她多说些什么,匆匆进了酒店,安戈尔正在大堂里站着,伸手给我指引方向。

这一路,我走得匆匆,本是抱着不要脸不要皮就想看看谢沉跟谁在一起的心,却不曾想,在我敲完门之后,确实里面有个穿戴不整的男人开门了,却不是谢沉。

我做梦都忘不了这一天,当我气势汹汹地敲开门想要质问门中人的时候,出现在我面前的竟是一个满是胸毛的"金刚"。他问:"请问小姐需要什么服务吗?"

他微笑着问我,然后他的胸就撞到了我的脸。

很多年以后,我一点点地细数人生中发生过的糗事的时候都能够回想起这一天,那胸毛几乎塞满我的鼻子让我有那么一瞬间简直是怀疑人生。

"不需要!"

这一句话,我简直是大喊出来的。

羞愧,从未有过的羞愧。

我逃一般地跑开,一边跑一边捂住我已经流血的鼻子。

"晚晚,对不起,我可能跟错了……"安戈尔在后面追着我。

"我恨你……"我一面疯跑,一面大叫。

人在遭遇某种窘迫到底的事情的时候,往往会选择飞快地逃离那个让人困窘的地方,而我也是如此,除了逃离,没有其他的想法。

我跑了二十米之后,在酒店的拐角处,不经意间撞到了一对男女。

"抱歉。"我头也不抬地道歉。

"怎么是你?"

熟悉的声音传入耳畔,我抬头一看,这次是谢沉无疑了。而他的身边确确实实站着一个妙龄女子,正如乔婧婧跟我描述的那样,二十出头,一袭红裙,美艳动人,并且非常亲昵地挽着谢沉的手。

我捂着鼻子,顿时就愣住了。

后面追着我跑的安戈尔也停下来,他有些结结巴巴道:"就……是他们……"

"谢导,这个是谁啊?"那个女子狐疑地看了一眼谢沉,轻声问。

谢沉蹙着眉头看我,还没有开口,安戈尔就突然拿起手里面的一个饮料瓶向那个女人砸了过去。

"坏女人,你还敢问问题!"他不管三七二十一就去薅那个姑娘的头发。

我惊呆了,谢沉也愣住了。片刻,在那个女人尖叫出声时,谢沉一拳向安戈尔打了过去。

谢沉的力气我自小就是知道的,安戈尔那小身子骨哪里受得了他的一拳。因此,在他的拳头还没有落到安戈尔身上的时候,我就上前推开了安戈尔。

很明显,那一拳最终落在了我的背上。

他的那一下很重,我一时没站稳,一个趔趄,就直接摔到了墙角。

我扶着墙壁站起来的时候,眼泪混着鼻血一下子就落了下来。

安戈尔急了,想要上去对谢沉动手,却被我一把给抱住了。

"不要,我们走。"我的心情复杂得很,一方面我知道这事儿是安戈尔和我理亏,而另一方面,我又抑制不住地委屈,这还是第一次谢沉为了别人对我动手。

我低着头,看不清谢沉的表情,只知道,谢沉并没有第一时间过来看我,而是揽着那个女人进了房间。

"晚晚,不哭了。算我们看走了眼,以后再也不跟这样的人讲话了。"

安戈尔见我的眼泪一直没停,就不停地安慰着我。在他的心里,惩罚一个人最好的方式就是这辈子都不跟他讲话。

我点点头,望着谢沉揽着那个女人的背影突然有一种心如刀绞的痛感。

什么灵魂高度的差异,什么长大长不大的纠结,都被我抛到了一边。
我就只有一种感觉,那就是谢沉已经彻彻底底地抛下我了。
我哭着跑出酒店。

酒店外,乔婧婧还裹着风衣站在那里,见我哭着跑出来连忙问我发生了什么,然而我有些克制不住情绪,嗓子哽住了,只是摇头,然后靠在她的肩膀上哭。

见状,她便也不再问我发生了什么,而是不停地拍打我的肩膀,一边拍一边说:"晚晚是这个世上最乖的姑娘……晚晚最好了……"

这绝对是我除了四年前被他痛骂的那次以外最委屈的一天了,似乎从懂事以来,我所有的悲愤和苦情都与他有关。

我趴在乔婧婧的肩头哭了很久很久,并且一直在痛骂谢沉是个浑蛋,但事实上,我自己心里非常清楚地知道,我没有任何的立场去痛骂他。

因为,我不是他的谁。
而他也不是我的谁。

但尽管如此,我还是非常难过地抱着乔婧婧哭了个昏天黑地,安戈尔为了给我们留空间,暂时离开了。

突然,乔婧婧身体一僵,我抬头看她,发现她的脸色有些难看,

然后顺着她的视线望过去,看见了已经安抚好了他的女郎的谢沉。

他脸色阴沉地看着我,不知道我那无数遍的"浑蛋",是否都入了他的耳。

他非常不客气地把我从乔婧婧的怀里面拽了出来。

"人我带走了。"他对乔婧婧冷冷地道,然后就把我往酒店里面拽。

"谢沉,你给我放手,你别用你抱别人的手抱我!"

我拼命地挣扎着,甚至几次用脚去踹他,然而,他却把我越抱越紧。直到把我给拖进酒店里的房间,他才放开手。

5.

将房间的门给反锁上,他迈开大步去洗手间拧了一条冷毛巾,然后在我的脸上胡乱地擦着。他看似用力很大,落在脸上却是轻轻的,很温柔。

"哭成这个样子,别人还以为我跟你是什么血海深仇。"他冷笑。

"你别动我,你去管好你那个女郎!"

尽管知道此时此刻他的话并无恶意,但我还是竭尽所能地跟他使性子。

他并没有理会,但后来发现我挣扎得越来越厉害,鼻血大有卷土重来之势,就有些恼了,原本低沉的声音带了些怒意:"你做事情之前,能不能听人解释一下?你跟安戈尔不分青红皂白就砸人,你们有理了是吧?你是不是觉得还是你对,然后又准备说一堆伤人的话就远走高飞?"

他一双漆黑的眸子里仿佛有火焰在燃烧。

这是我们再次相遇之后,他跟我说得最长的一段话。

遍布着责怪和对四年前我远走高飞的讽刺。

我也恼了,忍不住对他吼:"你说四年前我没有听你解释说了一堆伤人的话就走了,那你呢?你当时在医院里面难道就没有因为苏因吼我吗?那次是我推苏因落水的我认,当时我只不过是想要把事情的来龙去脉讲清楚,你又听我说了吗?"

四年前的事情,一直是我们两个人之间解不开的心结。

他为了苏因凶我吼我,是我一直以来的噩梦。

而机场的那一次,则一直是他的噩梦。

我们的噩梦同源,而像今天这样坦诚地吼出来倒是第一次。

他被我吼得愣住了,脸色霎时不好看。

他自嘲地笑了一下,突然问我:"楚归晚,那你觉得四年前的那一次我吼你真的是因为苏因吗?"

我被他这一个自嘲的笑容弄得愣住。

我说:"我知道你是怕我伤害苏因落人话柄。"

"你知道?"谢沉怒极反笑,眼底渐渐有了迷蒙之色,他的手牢牢地握住我的手,突然问我,"你既然明明知道,那为什么还要揪着这件事情不放,在机场的时候对我说那样的话?"

"我……"

一时之间,我竟语塞了。

这么多年,我也在问自己这个问题,如果那一天在机场我是好好

地跟谢沉说了再见,而不是用一种偏激的"你打我一下,我知道你是为我好,但是我也要刺伤你一下"的方式,那么我跟他现在是不是会有不一样的局面?

人间万事,没有如果。

"我曾为那次吼你的事跟你道歉了,面子、里子我都可以不要,那你呢,你是不是也要给我一个交代?"他的目光太过灼热,而声音则是沙哑低沉得可怕。

我的心蓦地一疼,然后眼泪再度不受控制地落了下来。

我还记得四年前在机场的时候谢沉远去的背影,那样落寞、无助而又狼狈。

这世上,我不曾伤害过任何人,除了谢沉。

"你要交代,我给你交代……"我抹了一把眼泪、鼻涕,不顾一切地上前吻住了他。当我的唇贴紧他的唇的时候,我能够清晰地感觉到他的身体僵了一下,但仅仅是一瞬间,下一秒,他就回以我更加热烈的吻。

第十一章
南国无风雪

morning ♥

  我只想与你在红尘烟火之中做最平凡的两个人，因为只有如此，这样的幸福才会让我感到安心，才会让我觉得不会被天妒忌。

——晓晓 ♥

1.

在酒店的那个夜晚,我和谢沉之间的冰冻彻底消融,感情迅速升温到沸点。对此,我的描述是情比金坚,而谢沉的描述则是酒后失德。

他坚决不承认那一晚他要我给他一个交代这句话,却霸道地勒令我搬出和乔婧婧他们一起买的合住房,和他一起住。

他是个对情感极其内敛而又隐忍的人,素来不喜表露出来,这一点我自小就知道,所以,勉强接受了他那种死要面子的说辞。

1月的时候,南京下了一场很大的雪。

我和谢沉在机场等待陆小樟,安戈尔和乔婧婧要结婚了,在深圳,今天我们得一起飞去参加他们的婚礼。

"陆小樟怎么还没有来,他腿脚不便,不会在路上摔倒了吧?"我摩挲着冻红了的手,嘴巴不停地念叨着。

谢沉斜着倚在大厅的柱子上,从包里拿出一个暖手宝塞给我。

"你能不能别像个望夫石一样?"他毫不客气地嘲讽我。

我接过那暖手宝,刚准备反驳他,就看到陆小樟挂着拐杖缓缓地朝我们走来。他今天围了个格子围巾,戴了副金丝边眼镜,本来挺文

弱的一张脸被他捯饬得倒是有了几分文艺青年的气质。

"晚晚，谢沉！"

他笑着向我们挥手，兴许是走得太急了，脚下打滑，还没等我跟他打招呼，他就来了个"旱冰运动"。

我微微愣住，原以为这下陆小樟估计要后仰着脑袋着地了，不料，谢沉一个箭步上去稳稳当当地揽住了陆小樟的腰。

时间仿佛那一刻停住了。

陆小樟仰着脸看着谢沉，谢沉低着头看着陆小樟。

他们的姿势宛如一对热恋中的情侣。

一时之间，我愣住了，他们也愣住了。

"谢谢……"陆小樟尴尬地笑了笑。

谢沉将他扶正，然后咬牙挤出了两个字："不用。"

我在一旁则忍不住笑开了，脑海中出现了高三那一年第一次见到陆小樟时的场景，那时候我冒冒失失地撞倒了他，也是谢沉及时解救了他，并且帮助他将假肢给安装好。

"谢先生，你真是大家的救星。"我忍不住捶了一下谢沉，夸奖他。

他似乎对于我的夸奖并没有什么兴趣，在我准备跟陆小樟寒暄的时候，他大手一伸，把本来在陆小樟和他中间的我给直接拉到了他的另一边。

陆小樟也正想跟我讲两句话，发现站在中间的人变成了谢沉。他懂了谢沉的意思，便不再言语，知趣地快步走在了前面。

"大哥，你宣示主权也不能这样啊。"我看着陆小樟那努力走快

的身影，忍不住有些心疼，拿起拳头狠狠地砸了谢沉几下。

谢沉也不恼，将我往他怀里揽了揽，嘴角勾出一个笑容来："首先，我还没有当着他的面亲你，请你不要那么激动。其次，宣示主权也是应当，你不能为了别的人打我。最后，请不要叫我大哥，再不济也要叫一声谢先生。"

他的话有理有据、有条有理，当了导演之后，他的思路倒是越发清晰了。

我深吸了一口气，不再理他，却忍不住在心里将他的祖宗十八代都问候了一遍。

2.

去深圳之前，我一直幻想着乔婧婧穿上婚纱的样子，期待她成为新娘的一天，后来，却错过了她的婚礼。

因为，在我问候完谢沉祖宗十八代的几个小时之后，他就捂着腹部蹲在地上，额头冒冷汗，一张俊脸皱在了一起。

此时，我们已经到了深圳。人生地不熟，又看见谢沉这个样子，我整个人吓蒙了，抱紧他向周围的人呼救。幸好当时有一个善良的出租车司机，二话不说就载我和谢沉去了医院。

上车前，我让陆小樟先去参加婚礼，有什么事到时会联系他。

谢沉躺在车后座上，看着我担心的样子，他摆了摆手，让我不要担心。

他的右手死死地按着腹部右侧,什么话也说不出来。

"姑娘,你先生捂的这个地方不是肝胆就是胰腺啊,到医院直接挂外科吧。"好心的出租车司机从后视镜里面扫我们一眼,然后在我的催促之下加快了车速。

全程谢沉的左手一直紧紧地攥住我的手,他的手心里都是汗。

我从来没有遇见过这样的场面,一面摩挲着他的手,一面忍不住唰唰地落泪。

谢沉腹部右侧疼痛,检查出来,是胆结石。B超扫描出他的胆囊里有五颗小石子。

医生说这种情况是要开刀的,不过他今天胆结石发作过,预测体内发炎严重,所以得打针(肌肉注射跟吊水)与吃药治疗。

打针的时候,我站在病床前一面抹眼泪一面看着他。他虚弱地望着我,一张苍白的脸上突然出现了一抹绯红。

"你能不能出去帮我买一瓶水?"他问。

我吸了吸鼻子,拒绝他:"医生说了你现在禁止一切饮食,不能喝水。"

他脸上的绯红更深了一层,带了几分咬牙切齿的意味:"你就非要看着我打针吗?"

我愣住,这才知道他说的是这个,只好一面抹眼泪一面讪讪地走出去,刚刚走到病房门口的时候又转念一想,不就是打个针嘛,我为什么就不能够看了?于是,我又迈着步子缓缓地走回去,安静地在一

旁看完了针刺进他的臀部又拔出来的全过程。

其实,这个时候谢沉并不知道我在看着他,直到那个给他打针的小护士看着我嬉笑出声的时候,他才知道我在旁边。

他那个眼神简直是要把我给吃掉。

"我们在酒店的时候,你身上我哪里没看过?"我一面拿纸巾擦鼻涕,一面一本正经地道。

谢沉闷闷地看了我一眼,目光在瞥见我哭肿的眼睛的时候,突然顿住。

"过来。"他轻声说。

我愣了一下,缓步靠近他,他似乎是嫌弃我走得太慢了,撑着手臂从病床上坐起来,那只没有吊水的手轻轻地揽了一下我的腰,我的整张脸就撞到了他的胸口上。

"谢沉,你干吗?"

我惊慌失措地看着他,生怕刚刚那一撞牵动了他手上的针,想要抬起头,却被他给生生按了下去。

"别动!"他低沉着声音制止我,换了一个舒服的姿势将我搂在怀里之后就开始用他带胡楂的下巴不停地磨蹭着我的额头。

此时已是中午,1月虽严寒得厉害,深圳的阳光却是很好,透过医院的百叶窗照进来,给人一种岁月静好的感觉。

他的胡楂磨得我额头很疼,但是我一点儿都不觉得难受,依偎在他的怀里,感受着他身上特有的气息,觉得十分安心。

我们就这样依偎了很久很久,直到我的手机铃声突然响了起来,

这种如胶似漆的状态才结束。

"喂,你是……"

来电的是个陌生号码。

"我是薛浩,谢沉的合伙人,刚刚发信息给他谈事情,他说他在深圳的医院,我刚好也在,你们在哪个病房?"青年的声音很冷很冷,冷得像块冰一样。

我点点头,支吾了两声之后,走出病房准备去接他,也是巧得很,刚走出去迎面就碰上了薛浩。

3

早些时候,我就听谢沉提起过薛浩,说他年轻有为,对电影的投资眼光极其精准,算是个文化商人,今日一见,也着实是如此。他周身的气质比谢沉要冷得多,尤其是看我的眼神,都带着寒意。

薛浩不喜欢我,第一眼见到他,我就知道。

连寒暄都没有,他直接走进病房,然后就跟谢沉交流着一些我根本就听不懂的话题,比如什么电影风险投资、项目策划之类的,有条有理的一大串,我躺在一旁的空床位上啥话也插不进去,就眯着眼睛养养神。

那薛浩兴许是以为我睡着了,我听见他冷笑着甩给谢沉一句:"就这黄毛丫头,值得你金陵才子苦守四年?"

赤裸裸的嘲讽和轻蔑。

要不是怕谢沉难过,我当时可能就从床上爬起来反驳他了,黄毛

丫头怎么了?黄毛丫头吃你家大米了,黄毛丫头吵着要做你女朋友了?

"别装睡了,我知道你听见了。"

我正在心中愤懑不平的时候,谢沉突然扭过头看着我。

闻言,我一个骨碌从床上坐起来,然后走到他的面前捧着他棱角分明的俊脸,说:"谢沉,我配不上你吗?"

他嘴角一勾,也不说话,只是凑过来"啵"一口亲在了我的面颊上。

"傻子……"他轻笑了一声,声音醇厚又沙哑,"你是我的临水照花人,怎么会配不上我?"

我被他突如其来的情话说得愣住,不禁红了脸。

"你……吊瓶里的药水没了,我去喊护士给你换。"

我结结巴巴,忽略掉他眼底戏谑的笑意,逃一样地飞奔出去。

我和谢沉在医院待了整整一天,去祝贺乔婧婧时已是婚礼的第二天了,那时候,一切的热闹已经散了。

好闺蜜就是好闺蜜,尽管错过了她的婚礼,她还是非常热情地把她特意留下来的捧花交到我的手里,并且千叮咛万嘱咐,身体是革命的本钱。

这话我是听进去了,但是谢沉并没有。

吊了一天水之后,他的身体恢复如常就再也没有想过手术的事情。

我上网查了一下,胆结石如果不是特别严重的话,做手术也不是很好,因此也就任由着他去了,只是每日三餐要他按时吃药,并且强压着他戒酒。

对此,谢沉表示,他可能找了个管家婆。

我则是非常刚正不阿地回答他,管你是为了你好。

闻言,他就只是挑眉,对我的话不置可否。

4.

2月初,我和谢沉一起回了趟云城,已是快要过年。

说来也是巧得很,上次回家的时候遇见了陆江北,而这一次回去则是遇到了林小坏。

她穿了一件毛呢裙,外面裹了一件灰格子的小香风披肩,正站在明川的石墙边看着历届优秀校友的照片名单。

我和谢沉走上前去。

"好久不见啊,林小坏!"我跳起来拍了一下她的肩膀,然后笑了笑。

林小坏显然没有想到会见到我,一张小脸上也写满了吃惊:"竟然是你,晚晚,咦,你和谢沉……"她会意地笑起来,"当年我就猜到你们会在一起的,没想到我猜对了。"

我望了谢沉一眼,与他相视一笑。

此时离过年还有几天,明川的重点班按照惯例是要补课补到大年三十前一天的。刚好我们三个在高考之后都没有回过学校,趁着这个机会,林小坏提出要去拜访一下荆老怪。

我和谢沉欣然同意了。

时隔四年,荆老怪的办公室还是和以前一样,干净整洁,散发着

淡淡的茶香，而右面墙的正中央挂着他带过的班级的学生毕业照。

我们去的时候，荆老怪很不巧去开会了，我们三个则不约而同地盯着墙上的毕业照看了许久许久。

上面林小坏和陆江北手拉着手笑得阳光灿烂，而那时候，我和谢沉站在一起，由于刚刚进行过一场冷战，两个人的脸都拉得老长老长。

"你看看你们两个那样子，怎么这么冷漠！"林小坏指着那毕业照就开始戳我。

我只好戳谢沉，说："你看看你，你当时那样子就像我欠你五百万似的。"

谢沉不说话，只是笑，笑着笑着，又轻轻地抱住了我，然后什么话都不说，只是在我的脑袋上亲了一口。

林小坏深吸了一口气，忍不住"哎哟喂"了一声，然后就开始碎碎念："天啊，你们这是在学校啊，真的是让我的小心脏扑通扑通地跳啊！"

她还是和从前一样有趣。

我忍不住打她。

谢沉一笑，突然问了一句："对了，我怎么没有见到陆江北？"

空气似乎凝滞了一般。

谢沉并不知道他们两个分手了，虽然不知者不怪罪，可林小坏的脸色一下子就变得难看起来，笑意消失，满脸苦涩地说了一句："他因为我爸的事情跟我分手了，我找过他，可是他不理我，说挣不到能够买一栋房子的钱就不回来……"她的话很平静很平静，可这平静之

中又包含着无数暗涌的情绪。

"其实,我也不要他的钱不要他的房,我就想要他成熟一点,做事情考虑周全一点,可是他始终不懂我。"

她摇头叹息了一下,似乎不想再继续这个话题,捏了捏眉心,不再说话了。

我本想劝劝她,却什么也说不出来。

毕竟,我又能够说些什么呢?

是告诉她,林小坏,其实陆江北只是不成熟没有钱别的都好,还是告诉她,你换个人吧,别在一棵树上吊死?

爱情从来都不是虚幻的泡泡,一个男人可以没有钱,可是如果他连最基本的理智都没有,连最基本的尊重和耐心都给不了爱的人,那么那份爱情是会完蛋的。

5.

我们三个就那样静默地在荆老怪的办公室等了半个小时。

荆老怪见到我们特别高兴,不,准确地说是在见到谢沉的时候,他高兴的情绪表现得尤其明显。

在挨个儿拥抱了我们之后,他一把拽住了谢沉的手,一双眯眯眼放出光辉:"谢沉啊,你来得真是太好了,刚好你的这届学弟学妹要高考了,你去给他们讲一讲,你是怎么学习的!"

谢沉是我们那一年的市理科状元,上的大学又是国内数一数二的景大,荆老怪还是跟以前一样,每次有老学生去看他,他都会抓住一

个特别优秀的让他的新学生"瞻仰",而这一次,谢沉很明显被荆老怪看中了。

离高考还有五个月,教室里的气氛倒是活跃得很。

在谢沉这样英俊优秀的学长走进教室之后,同学们都安静下来,不再说话了。

"今天我给你们请来的这个学长是以前我经常跟你们提到的谢沉,如今国内顶尖的青年导演。当年以高分考入景大,却填错志愿的那个,下面你们可以问他一些关于学习上的问题。"

荆老怪一本正经地说完之后就站到了教室的后面,将讲台交给了谢沉。

我和林小坏则负责在下面默默地给谢沉录像。

"今天我很荣幸来给大家答疑解惑,大家有什么想要问的问题可以尽管提问。"谢沉淡淡微笑着说道。

同学们先是犹豫了一下,之后就开始你一言我一语地问谢沉各种各样奇奇怪怪的问题,从理科到底怎么学才能够学好,到学长你为何长得那么英俊,再到学长你高考前都补充些什么营养等。

总之,各种各样的问题都有。

谢沉一开始还能够对答如流,后来一个姑娘问的问题把他给问愣住了。

她问他:学长,你的学生时代有没有特别想追但是一直没追到的女孩儿?

这话一出,林小坏在旁边不停地拿手戳着我,而我拿着手机给谢

沉录像的手则顿住了,脸颊一下子红了。

我以为谢沉会回答,当然有,而且那个人现在就在教室后面。

事实上,谢沉的回答是,没有,我高中没有想追过任何一个女孩儿。

他说得一本正经、严肃认真。

我一个激灵,他这话的意思是,他高中时没看上我?

我颇有些不悦地白了他一眼。

他继续开口:"那时候我虽然没有想过要追谁,但是身边一直有个姑娘,她很傻很天真,总是做出一些糊涂得令人发指的事情来,而我总想护着她。那个年纪也傻得很,不知道什么是喜欢,什么是爱,只知道,那个姑娘闯进了我的视野里,从此,就再也没有出来过。"他一双漆黑的眸子在望向我的时候,里面满是诚恳。

谢沉这个人对待感情一向是隐忍不发的,能够说出这么一长串话实属不易。

我忍不住红了眼,大家却都齐刷刷地转头看向我,然后笑了。

荆老怪明显有些站不住了,这么赤裸裸的恋爱话题对于他这个班主任来说是个威胁,因此他赶忙上去把控了一下场面,并且成功地将话题给扭转到了学习上。

这注定是一场别开生面的演说,讲完之后,荆老怪拥抱了谢沉,并且夸赞谢沉是他带过的最好的学生。

而事实上,四年前在他邀请别的学长来演讲的时候,也是这么说的。

从学校出来之后,林小坏的相亲对象开了一辆牧马人来接她,她

微笑着跟我挥手再见,然后上了车。

望着那辆牧马人扬长而去,我不由得在心里感叹一声,原先还在纠结着要不要劝她放下陆江北,重新过日子,而如今看来,是我多虑了。

离开明川之后,谢沉就带着我回家了。

回家的路上,我突然想起那天在他的书房里看到我的准考证的事情,就忍不住问他:"我高考完之后你是不是一直在后面跟着我,不然的话,我的准考证怎么会在你那里?"

听我提起这茬,他忍不住捏了一下我的脸,之后嗤我:"考完试扔书的常见,扔准考证的我倒是第一个见,我给你拾起来带回家也只不过是不想你的这张脸被别人踩来踩去。"

他说得义正词严,我听着也觉得有几分道理,然后张开双臂抱住了他。

"干吗?"他的声音里带了几分温柔的笑意。

"我觉得好幸运。"

"幸运什么?"

"千帆过尽,仍能够遇到你。"说这种情话的时候其实还挺不好意思的,于是乎,我就把脑袋埋在他胸前蹭啊蹭。

蹭着蹭着,谢沉就笑了。

"晚晚,你是我的临水照花人。"他如是说。

我这才想起,在医院的时候他也这样说过。

我摇摇头,不喜欢这个比喻。

继续将头埋在谢沉胸口,我忍不住闷闷地开口:"我不是张爱玲,

我们只是滚滚红尘里相爱的普普通通的两个人,这样简单的幸福,才不会遭天妒忌。"

闻言,谢沉笑了笑,然后将他的下巴抵在我的脑袋上,一面轻轻地拍着我的背,一面说"好"。

第十二章
何人在唱桃花扇

她恨他,可她未必不爱他。
他爱他,可他给不了她一个家。

——晓晓♥

1.

在云城,我算是过了这几年以来最美好最温馨的一个年。

年三十的时候,谢叔握着我的双手老泪纵横,说什么他等了这么多年,想的就是谢沉能够跟我在一起,如今终于如愿了。

他老泪纵横,我也觉得特感慨。

时光就这样缓缓地走过,而我,也终于和那个我爱着的少年在一起了。

我想,我是极幸运的。

有幸运的人,也会有不幸运的人。就比如沈溯之。

和谢沉开车重新回到南京的时候,我透过车窗看见了蹲在街边抽烟的他。我不知道这段时间他经历了什么,完全没有了从前的那股子冷厉劲儿,穿着一件很旧的西装,胡子拉碴,头发也没怎么收拾,狼狈得厉害。

这是我第一次看到这样的沈溯之,直觉告诉我,一定是发生了很大的事儿。

"你要不要下车去看一下他?"注意到我的目光,谢沉将车停在了路边,"你去吧,没事儿的,我先回去做个饭,在家里等你。"

我点头,然后打开车门下了车。

阳光还算明媚。

我走至沈溯之面前的时候,他抬头看了一眼我,似乎是觉得日光太过刺眼,他下意识地挡了一下眼睛,然后站起来。

"怎么是你?你也是来看我笑话的吗?"他自嘲地笑了一下,将烟掐灭,然后恶狠狠地看着我,"我知道在你的心里,我不再是你的三哥,可是落井下石是不是不大好?"

我摇头:"我不知道你在说什么,我们去隔壁的饮品店喝杯饮品吧,你看起来不大好。"

是的,他看起来的确不大好。

英俊无比的脸上满是胡楂,眼窝深陷进去,似乎疲惫得厉害。

闻言,他苦笑一声,却再次蹲了下去,许久许久,没有说话,只是又拿出一支烟来。

"你到底怎么了?上次见面还好好的,怎么短短几个月,就这样了?"我蹲下身子,把他手里的烟一把抢走,蹙着眉头注视着他。

他不跟我抢夺,只是叹了一口气,然后看着远处的天空,苦涩地笑了一下:"我现在一无所有了。苏城跟我哥哥联合起来,把我这几年在公司作假的账目翻了出来……我现在是没有工作,没有钱,没有房子,一直跟着我的苏因也走了,我是不是特别像丧家之犬?

"苏城得了抑郁症,我也是才知道。上个月,她在家里闹了一回自杀,我看到她手腕上流了好多血,可是我劝不住她。我越想劝她,她就越疯狂,我不知道该怎么办……我知晓她一直想要报复我,报复

就报复吧,把自己弄成那个样子算什么啊?"

先前他在说"丧家之犬"四个字的时候语气还不是很悲痛,可是一提到苏城,他整个人就越发颓废,声音带着一丝轻颤。

我的心蓦地抽痛了一下。

"我知道苏城一直想要一个家,我也真的想给她一个家,可是后来我做错了事情,她不要我了……"说着说着,沈溯之就哭了起来。

大街上人来人往,谁能够想到从前那个雷厉风行的男人竟然会当街哭成这个样子。

我心里难过得厉害,却不知道该说些什么。

突然,沈溯之站了起来,一双眸子里布满血丝,他握住我的双肩,摇晃着我,哽咽道:"晚晚,苏城自小就喜欢你,你去看一下她吧,看一下她好不好?你去告诉她,人只要活着就有希望,这个世上没有过不去的坎儿,好不好?"

他近乎哀求,还没有等我答应,就拉着我开始狂奔。

在他眼里,我是他最后的希望。

可是,我知道,连季念河都不能够把苏城拉出心灵的苦海,我又怎么可能做到……

2.

我不太记得这一天沈溯之是怎样带着我飞奔着到苏城家的了,只知道,看到沈溯之的瞬间,苏城就失控了,拿起杯子就向他砸来。

"你来干什么,你给我滚!"

彼时,她穿着一件红色真丝睡袍。

这几年,她瘦了不少,整个人缩在睡袍里面像个孩子,一张小脸惨白。

在吼着让沈溯之滚的时候,她似带了几分疯癫。

沈溯之怕她有什么过激的举动,赶忙退了出去,只把我留在了苏城家。

这是高中毕业以后,我和苏城的第一次正式见面,仓皇而又荒唐。

从前她见到我的时候,眼角眉梢都带着笑意,而这一次,在意识到是我之后,她仍旧在笑,只是那笑容终究是跟从前不一样了。

"晚晚,好久不见。"

她扑上来抱住我,先是笑,笑着笑着,就哭了。

我不停地拍打着她的背部安抚着她,可是目光在瞥到她手腕上的疤痕时,心里不禁一紧。

她屋子里很乱,沙发上、地上堆着很多东西,书本、演出服、护肤品。可以想象,她平日里过的都是什么样的生活。

我扶着苏城坐到沙发上。

为了缓和气氛,我打开了 CD 机。

音乐响起来了,是昆曲。

苏城喜欢听戏,这一点,我自小就知道,而今天,听的戏倒是格外应景,是《桃花扇》。

"且看他起高楼,且看他宴宾客,且看他楼塌了……"

苏城一直默默地重复着这一句话,然后突然对我展露出一个苦笑

来:"我等了这么多年,你三哥的楼终于塌了,他再也不能够跟苏因双宿双飞了,真好。我一手毁掉了妹妹和我曾经最爱的男人的幸福,我是不是一个彻头彻尾的坏人啊?"

她眼底泛着泪光。

我摇头,心疼地握住她的手:"那是他们咎由自取,他们活该,他们犯了错就该受到惩罚。这跟你没有关系啊,你为什么要这样折磨自己呢?"

"晚晚,你知道吗,早在苏因跟我说她爱你三哥的时候我就已经想好要退出了。她是我从小宠到大的妹妹啊,我怎么舍得让她爱而不得,我从来都没有想过跟她争……可是,后来她竟然在我的酒里下了药污蔑我,而你三哥竟然也不相信我,甚至还怀疑我肚子里的孩子不是他的。

"你知道那个时候我有多绝望吗?所有的人都离开我、背弃我,他们都说是我背叛了你三哥,可事实上,不是这样啊,是他们伤害了我,是他们背叛了我啊……为什么没有人替我说一句公道话?"

苏城表情凄然:"你知道吗,我有多少次午夜梦回的时候希望你三哥能够哭着跟我道歉啊,我希望他能够跪下跟我说他错了……后来他真的跟我这样说了,我却一点都不觉得开心……他无数次地来求我,告诉我让我活下去。

"看到他那个样子,我竟然会觉得不忍心,我想我一定是疯了,如果我不是疯了,怎么会这么优柔寡断……"

她哭出了声,一边哭一边拼命地捶打着自己的脑袋,打着打着,似乎觉得还不够,就又开始四处找刀子。

我傻掉了。

回过神来后,我冲上去抱住她,然而她已经找到刀子,并且在手腕上狠狠地划了一道。

鲜红的血涌了出来。

我不顾一切地把那刀子夺过来,然后赶忙打了120。

苏城一直哭着喊着"让我死",我只能将她抱在怀里,除此之外,什么也做不了。

3.

救护车来的时候,苏城已经流了很多血。

被放置在担架上的时候,她似乎清醒了一些,可是眼神仍旧空洞。

我知道,她是心死了。

心死,是一种哪怕现代医学再高超,也解救不了的病症。

医院里,我一直握着苏城的手,直到季念河带着小西施赶了过来。

小西施软糯着声音叫苏城"姨姨"。

脸色苍白的苏城在见到小西施之后,突然笑了。

"如果当年我那个孩子没有死,现在也就比小西施小个两岁吧。"苏城捏着小西施的脸。

季念河安抚道:"找个男人好好过一辈子,不也照样能够生吗。过去的事情就过去了,你这样揪心着,又有什么意思?"

苏城摇头:"你不懂我。"

季念河不再理会她，抬头看挂着的吊瓶，见里面还有很多药水，便把我叫出了病房。

"你今天吓坏了吧？"季念河一笑，一副已经对这种事情习以为常的样子，"她时常这样，你不要放在心上。或许再等几年，她心里这个坎过了，就好了。"

我目光游离："这个坎什么时候才能够过呢？"

季念河笑："等吧，时间终究会抚平一切伤口的。"

我点点头，不经意间往护士站那里投去一瞥的时候却看到了一个熟悉的身影，大波浪鬈发，鬼鬼祟祟。

"我好像看到了苏因。"

"什么？"

"对，就是苏因！"我往护士站的方向指了一下。

苏因似乎也看到了我们，撒开腿就跑。

季念河的目光一下子变得锐利，迈开步子就去追她。

季念河穿的是运动鞋，明显今天是要带小西施去玩耍的，而苏因穿的是高跟鞋，想要跑掉当然没有那么容易。

季念河冲上去，一把薅住苏因的头发，将苏因掀翻在地。

"你这个没有良心的女人，你有什么资格来医院？你今天敢来，你就不怕被人打死吗？"季念河恶狠狠道，丝毫不留情面地在她面颊上扇了一个耳光。

温柔如季念河，也只对苏因一个人恶毒过。

我想，要不是一旁的护士一直拦着她，她一定会直接把苏因给打死。

"苏因,我告诉你,你这辈子离苏城远远的!不然我见你一次打你一次!"被护士拉开之后,季念河对着苏因大吼。

苏因似乎也是委屈至极,散乱着头发也对季念河吼:"你凭什么让我离我的姐姐远远的?那是我的亲姐姐。你是她什么人,你凭什么这么对我,这么说我!"她一面哭一面吼,"要说我也是她说我,你们算个什么东西!"

"你们两个小声一点,医院里都是病人……"护士看不下去,出言阻止这一场闹剧。

我站在一旁,被匆匆赶来的谢沉直接拉出了医院。

"苏城闹自杀还动刀了,这么危险的事情你怎么不第一时间告诉我,你受伤了没有?"

医院门口,他反复地看着我的胳膊、手和脸,在确认我没受伤之后,那张严肃无比的脸仍旧没有变温和。

"早知道今天会发生这样的事情,就不该让你去见沈溯之!"他一副惊魂未定的样子。

我瞥了他一眼。

心知他是关心我,但是这人每次关心人的时候怎么那么粗暴,让我难以接受。

不过,尽管如此,我还是上前轻轻地抱了他一下。

我说:"他们怎样那是他们的事情,你看,我好好的,你也好好的,这就是最大的好事……"

谢沉扯了扯嘴角,对于这样的回答似乎并不满意。

不过,给了我一记栗暴之后,他也就不再言语了。

今天是农历二月十三,我的小生日,谢沉做了一大桌子的菜。

但是,刚刚坐下要吃饭的时候,薛浩就给他打了一个电话。

"一个大的影视项目,负责人要见你,你快过来!"薛浩声音清冷。

"一定要今天?"

"对,过来吧。"

然后,"啪"的一声,电话被挂断。

我在一旁听着,特无奈地瞅了谢沉一眼,他的表情也跟我一样无奈。

"怎么办,去不去?"

难得的是,他耐下性子询问我的意见,声音还很软很轻。

我特悲愤地看着他,即使再不乐意,也只能够甩下两个字——

"去啊。"当然得去了,家里的顶梁柱呢。

谢沉揉了揉我的脑袋,安抚了我一下,就拿着外套走出门。

望着他离开的背影,我有一瞬间的恍惚。

那时候,我还不知道,这一晚之后,我的世界将会被颠覆。

那时候,我也不知道,这一晚是后来日子里悲哀绝望无助的开端。

4.

谈生意终归是免不了要喝酒的。

谢沉是被薛浩给扛回来的,除了"烂醉如泥"这四个字,我找不到任何其他的词语可以来形容他了。

看着喝得脸颊通红的谢沉,我真的是恨不得将一碗醒酒汤往他的脸上泼。明明身体不好,还要喝这么多酒,简直是不要命。

不过,没给我机会,薛浩直接把我扯出了房间。

兴许是跟谢沉在一起待久了,他的行为动作都和谢沉一样粗暴。

"你拉我干吗?"

"谢沉的女朋友不应该是你这样的,你搬出去,公司给你五十万。"

薛浩的话简洁明了,没有一丝一毫的拖泥带水,让我简直觉得自己活在偶像剧里。

"你脑子坏了?"我不可思议地看着他,继而冷笑,"我跟他天生一对,连他爸都觉得我是谢沉命里的媳妇儿,你要给我五十万,让我跟他分手?你以为你是谁?"

"我谁也不是,但是作为谢沉的合伙人,我足够惜才。他这样有才气的人若是得到一个良配的力捧,足以在电影业站稳脚跟,可是有了你之后,他再怎么想飞也飞不高!"

他从怀里面拿出两张照片塞到我的手里,凉声道:"你看看,这就是跟你在一起之后谢沉的现状!"

我蹙着眉头瞅了他一眼,然后仔细地看起了他强行塞在我手上的照片。

第一张照片,谢沉在给一个中年男人鞠躬,由于他低着头,我看不清他的神情,但那个中年男人是一副很不屑也很没有礼貌的样子。

第二张照片,谢沉在酒吧里,一个妙龄女人的腿缠在他的身上,

他的脸色不是很好看,却没有拒绝。

看了之后,我的心"咯噔"一下,然后鼻子一酸,眼眶红了。

我认识谢沉这么多年,他从来没有向任何人低过头,而这两张照片里,他那么无奈……

明明是那么骄傲的一个人啊!

"你看到了吗,这个世界,从来不是你有才华,你有能力就可以。第一眼见到你,我就不喜欢你,不是因为你普通,而是因为上次在酒店跟谢沉在一起的是我们当时一个特别大项目的投资人的女儿,她不过就是仰慕谢沉,想跟他吃一顿饭,就被你给搞黄了!"薛浩特轻蔑地看着我。

似乎觉得这样的言语还不够激烈,他又继续说道:"你们女人是不是以为搞电影真的只要拍一拍就可以了?谢沉不是个庸人,他将来是要搞大项目的,这种生意场上的圆融他必须有,而你,只会成为他的绊脚石,你永远也不知道他在背后为你付出了多少!"

他的声音特冰冷特冰冷。

我脑子糊涂得很,直接被他说愣了。

见我许久没有回话,薛浩冷笑了一声,甩下一句"你自己好好考虑考虑"后,就抬脚离开了。

我慢慢地蹲下身子,一个人安静地抱着脑袋思考了好久好久好久。

这一天,我特地打了个电话给陆小樟。

我问他:"你最近不是投资电影吗,像导演之类的人是不是除了搞艺术以外,还有其他的事情要做啊?"

"对啊,尤其是导演做大了,就得带一些商人的属性。"他一本正经地回答我。

似乎是想起了什么一样,他突然说:"你怎么想到问这个问题了?"

我摇摇头说没什么,然后就"啪"的一声挂了电话。

年少时,我们谈爱情,只要相爱就可以什么都不顾。越长大就越发现很多东西不是那么一回事儿,特别是父辈们时常说的"门当户对"这四个字,永远跨不过去。

两个人并肩在一起,如果那条路很长,走得快的那一个终究是会甩掉走得慢的那一个的。

我和谢沉,也会如此。

从前,我想过这个问题,可后来在一时激情之下,又渐渐地淡忘了,如今看来,很多东西,还是该好好思量的。

5.

薛浩来过之后,有很长一段时间我都不知道该如何面对谢沉。

我从来都没有质疑过他对我的爱,可我也知道,我不能够耽搁了他。

于是乎,在新学期开学,学校要分配老师去深圳出差一个月的时候,我毅然决然地选择向学校要了这个名额。

"平时这些活动你都不去的,这次怎么想到去?"

我跟谢沉提起这事儿的时候,他正躺在阳台的躺椅上悠悠地晒着太阳。他耷拉着眼皮,嗓音醇厚沙哑。

我窝在他身边,像一只困倦慵懒的猫,手指轻轻地在他的胸口画

着圆,想着我自己的小心思。

我说:"我已经二十好几了,想好好在教育这条路上折腾出自己的风采来。"

谢沉不由得冷笑:"你莫非是想要当校长?"

我摇头,然后强颜欢笑道:"我倒是没有这么大的野心,只是好歹也要当个教导主任吧。"

谢沉轻嗤一声,单手在我的脑袋上重重地敲了一下,然后宠溺地看着我:"我看你是最近太累了,等出差回来,你休个假,我带你出去玩两天?"

我笑了笑,说:"好啊。"

你看,人心是不是隔肚皮?

其实在他这样说的时候,我内心想的是,出去玩又有什么用,我们约莫是要掰了。

可是,在望着他那一双满是认真的眼睛的时候,我却怎么也说不出心里话,只能够欺骗他。

那一刻,我觉得自己挺坏、挺没良心的。

可是,转念一想,我所做的一切其实都是为了他好。

之后,心里就没有任何负罪感了。

到深圳的那一天,乔婧婧来机场接我。

她肚子里已经有个小生命了,看起来喜气洋洋的。

见到我的时候,她问的第一句话就是:"谢沉呢,谢沉怎么没有

跟着你一起来?"

我苦涩地扯了一下嘴角,下意识地答:"我是出差的,谢沉跟着我来干什么?"

乔婧婧一眼就看出了我有心事,没有再说话。

把我带到她家里之后,她就开始仔仔细细地盘问我。

我把心里的想法告诉了她,原本以为她会跟我一样陷入深思。

实际情况却是,她猛地拍了一下我的大腿,然后不可思议地看着我,说:"你心里面担心的就是这事儿?"

我点头,说:"就这事儿还不够吗?"

乔婧婧白了我一眼,然后说:"你这能够算得上什么大事儿?谢沉多爱你啊,哪会在乎这些!而且,你如今又不是没有正经工作,还是个教师,贼抢手的,你操心个什么劲儿?"

我把头靠在乔婧婧的肩膀上,剥了一片橘子放到嘴里。

我说:"可是那个人是谢沉啊,他是那么优秀的一个人,他跟别人不一样……"

乔婧婧一记栗暴就敲在了我的头上。

"甭管他哪里不一样,但凡他是个人,是个普普通通的人,在我的眼里就都一样。"

我笑了笑,将橘子一片一片地放进了嘴里,没有再说什么。

乔婧婧不是我,她自然不会明白我的那种迷茫、无助和困扰,她也自然不会明白,当薛浩站在我的面前给我看那两张照片的时候,我的心情。

我见惯了谢沉的斯文冷静和偶尔的嚣张,我知道他有多骄傲,我又怎么能够忍心让他在别人面前低下头颅?

毕竟,他是谢沉啊。

那个始终优秀、始终站在神坛的谢沉。

6.

我觉得自己像是做了一场梦一样,梦醒了,人也散了。

在深圳待了一个星期,学校的领导问我有没有留在深圳的意愿,此次我出差的这个学校跟我任职的学校是合作关系,常常有老师调职。领导既然这样问了,我想着谢沉的事情也就自然而然地点了点头。

后来,谢沉打电话给我,总被我用各种各样的理由讲几句话就挂了,再之后,他的电话我就不接了。

很长一段时间,我都是浑浑噩噩的状态,有时候在学校跟学生们讲课的时候,我讲着讲着就不知道自己到底在说些什么了。

乔婧婧说,谢沉像是疯了一样满世界找我。他问乔婧婧我到底是到哪个学校出差的,乔婧婧不告诉他,他就从南京飞来深圳,站在她家的门口守着。

"楚归晚,我跟你说,我已经没有办法搪塞他了,你最好见他一面,死也要让人知道是怎么死的!"谢沉把乔婧婧磨得实在是没有办法了,她忍不住打电话吼我。

其实,乔婧婧这人吧,脾气虽然暴躁,但对我是极其温柔的,记忆中,她从来没有这么粗暴地对我说过话。细细想来,她也是觉得我太过荒

唐了。

"我实在是不忍心骗他了！楚归晚，你最好想想清楚，他人已经在深圳的格林酒店住下了，是不见到你就不肯走的架势，你最好还是好好地跟他说一说！"

"啪"的一声，乔婧婧愤怒地挂了电话，而我也蒙了。

那天，送完学生放学之后，我就去了一趟酒吧，买了整整一打啤酒喝着，一边喝一边哭，喝到半死不活的时候，陆小樟突然来找我。

看样子，他也是专程从南京赶来的，一副风尘仆仆的样子。

见我喝得大醉，他一把将我从酒吧的吧台上给提溜下来，一副恨铁不成钢的样子。

将我提溜到酒吧外之后，陆小樟问我："晚晚，我把你让给谢沉是要让你幸福的，可你如今到底想怎样？"

我原本还没有到达难过的极点，然而，在他问我"可你如今到底想怎样"的时候，我就崩溃了。

我蹲下来，拼命地大哭。

我也不知道我想怎样，我不想跟谢沉分手，可我也不想就这么白白地消耗了他的一生。

"我觉得我遇见谢沉注定就是错的！"我对陆小樟说，"你看吧，学生时期只谈学习的时候，虽然我也很优秀，可我从来没有追上他过，如今长大了，我虽然不给他添乱了，却成了他的绊脚石！"

月色下，我抱着脑袋痛苦不已。

陆小樟蹲下身子看着我,眼里满是心疼。

我泪眼蒙眬地看着陆小樟,我问他,是不是这个世上人早已经有了等级之分,打从一开始就注定了,有些人你明明只差了一步,可最终却会差千万步?

陆小樟望着我,许久许久没有开口,只是突然牢牢地把我给抱在了怀里。

他说,如果爱他觉得太累,那你就尝试着来爱我。即使我没有腿,我也能给你一个家。

这是我认识陆小樟这么多年,他第一次对我说出这样的话,带着浓浓的鼻音。

恍惚间,我想起了很多年以前上学的时候背过的卞之琳的那首《断章》里面的句子:

"你站在桥上看风景,看风景的人在楼上看你……"

这么多年,我一直在谢沉的庇护下生活,我理所当然地跟随着他的脚步。而陆小樟又何尝不是如此,在我为自己的平凡而感到自卑的时候,他其实一直在为了他那一条腿苦恼。

我们都是红尘中为了爱情苦恼的小孩儿,明明没有世俗到脱口就是一个"情"字,却在冥冥之中陷入了一个三角恋的怪圈里。

我失控地抱住陆小樟大哭。

哭着哭着,泪眼蒙眬之中,我看到了站在不远处的谢沉。

他的手里拿着一个啤酒瓶,摇摇晃晃地走过来,看起来颓废极了。

在看到和陆小樟抱在一起的我的时候,原本颓废的他顿时就变得

犀利了起来。

他把酒瓶砸了,瞪着我们。

哪怕后来过了很多年,我也不会忘记那一天他的神情,惊愕、痛苦。

他迈开大步子走上前来,猛地拉开了我们俩,之后一拳砸在了陆小樟的脸上。

一拳,一拳,又一拳。

他力气很大,我推不开他,只能够冲着他吼。

我说:"谢沉,你有本事冲着我来,别打陆小樟!"

他被我吼得愣住了,许久许久,他回过头怔怔地看着我,英挺的眉蹙成一团,眸子里布满血丝。

"为什么?"他的声音沙哑极了,一张刚毅无比的脸上写满了不敢置信。

我摇头,哭着看着他,不说话。

他一把就抓住我的手腕:"我问你为什么!"

他对我吼,受伤又无助,一遍一遍地问我,为什么。

而我,除了哽咽,什么都说不出来。

除了哭泣,除了挣扎,我什么都不知道。

仿佛时光一下子回到了四年前,一切回到原点,人生中的那道光瞬间熄灭。

被谢沉打倒在地上的陆小樟一个翻身站了起来,然后一把将谢沉拉开。

"你不要问她为什么,你要问就过来问我,是我,是我哭着求晚晚给我一次机会的,而她也心软了!"

陆小樟轻轻地弹去衣角上的尘土,然后冷笑道:"有什么你尽管冲着我来,她已经答应跟我在一起了,你离她远远的!"他一面说,一面把已经泣不成声的我揽在怀里。

谢沉的目光一寸寸地沉了下去,他先是不停地冷笑,笑着笑着,他眼眶有些发红,眼里隐约有了泪花。

"楚归晚,不管是五年前还是五年后,你都是一个德行,你从来都不告诉我为什么,你从来都是这样,让我都不知道自己是怎么'死'的……"

谢沉一面冷笑着,一面开始给我们鼓掌:"好!好得很!等你们结婚了记得叫我。我祝你们劳燕分飞,并蒂枝断!"

他转头不顾一切地离开了。

晚风簌簌地往我身上吹着,我不禁裹紧了身上的衣服,望着他狼狈离去的背影,又忍不住想到了五年前在机场的那一幕。

似乎,每一次,我都这样深深地伤害了他。

第十三章
山长水远,
我要我的少年眉眼如初

morning ♥

我多想让时光回到那时,当那个眉眼冷峻的少年在兀自隐忍的感情里孤立无援的时候,在他无数次说着要保护我的时候,让我上前去拥抱他,并且告诉他,亲爱的谢泷,谢谢你,念了我那么多年。

——晓晓♥

1.

在那个冰冷的冬夜里,陆小樟把我带回了他住的酒店。

他单膝跪在我面前,手里拿着一个盒子,盒子打开,里面安放着一枚心形钻戒。

"他让你累了,让你觉得压力大了,那你就嫁给我吧,趁着今晚,趁着这个你打定了主意要跟他掰的日子,你戴上我的戒指吧,晚晚……"

陆小樟不停地摩挲着我的手,眼里隐隐有了光。

"我说过,我要你幸福,他给不了你,我给你。"他一字一顿道,声音有些轻颤。

我知道,他想要说这些话想了很多年。

可是,我不爱他。

我深吸了一口气,抽了一张纸巾擦了擦鼻涕。

我低着头特认真地看着他,说:"我的幸福早在很多年以前就压在谢沉身上了,我们认识得太迟了,对不起。"

最后那一句"对不起",我说得很轻很轻。

陆小樟脸色变了,他先是尴尬地笑着,可后来实在是绷不住了,一张清秀的俊脸上就只剩下了绝望。

"如果谢沉不比我早认识你,如果我认识你的时候,你还没有跟谢沉打得一团火热,那么,晚晚,站在你身边的人有没有可能是我?"他怅然若失地问我。

我说:"我不知道。"

他扯了扯嘴角,绝望地站起身,喃喃道:"我曾经以为我和你之间横着的是这条废腿,如今看来,我错了,我错在明知道你永远不会爱我,还一直胡搅蛮缠。"

他眼里隐隐有泪花,走到门口的时候,他突然停了下来:"晚晚,五年前,你问我你的青春死了没有,我说没有。时至今日,我也不知道你的青春死了没有,可是,我的青春是死了。"

陆小樟的眉毛轻轻地抬起,嘴巴一张一合之间带着巨大的哀伤。

我难过地望着他,什么都没有再说。

他冷冷地走了出去。

他走之后,我趴在床上,号啕大哭。

我仍旧记得当年去监狱里看虞拉拉和老楚的时候,他们对我说的话。他们说,晚晚,你要相信爱,不放弃爱。

这么多年了,无论是艰难的日子,还是幸福的日子,我从未背弃过爱,也从未怀疑过爱。

可为什么,我还是会落到这个地步?

2.

我魂不守舍了很多天,校长看我精神状态不大好,觉得我可能会

误人子弟,就给我放了一个很长很长的假,足足有两个月。

那段时间,我一直在旅行。

我去平遥看落日,去凤凰看山河,去日喀则登上人生中的第一座雪峰,看皑皑白雪在眼前沉寂却不消融。

后来,我变成了一个极其温柔的人,看世间的一切都脉脉含情,只是,每当午夜,我都会想起谢沉。

我想,如果是他在我的身边陪着我该多好,我们踏遍这岁月山河,我们去天涯海角看一看。

我原本以为,我这一生都跟他没有什么交集了。

可是,命运跟我开了一个巨大的玩笑。

我怀孕了。

在日喀则登雪山的时候吐了好几天,原本以为是高原反应,但医生告诉我,我有了个孩子,已经三个月了。

任何生灵来到这个世上都有其意义所在,尽管我是他的母亲,我也没有资格去打掉他。

这件事情,除了乔婧婧,我没有告诉过任何人。

"你就待在我这里吧,刚好我这里月嫂什么的都已经准备得差不多了,等我生完孩子,刚刚好你的也快了,可以给你一点经验!"

回到深圳,乔婧婧把我接到她家里,不停地给我打着她的"乔氏鸡血",然后念叨着:"等到我们的孩子长大了,要么结为兄弟姐妹,

要么就青梅竹马!"

她想得很美好很美好,甚至跟安戈尔逛街买宝宝用品时,还不忘给我肚子里的宝宝带一份。

相较于她,安戈尔的想法则比较现实。

他无数次在乔婧婧睡着之后问我:"晚晚,你真的不打算把这个孩子的事情告诉谢沉吗?"

我摇头,说:"我们都分手了,还有什么可以告诉他的,难道告诉了他,我们还能够重新在一起吗?"

安戈尔觉得我这种想法很荒谬,忍不住反驳我,他特别认真地对我说:"你说得不对,如果你先前跟谢沉分手是为了他的前途的话,很好,你是很伟大,可是如今,你有了个孩子不告诉他,你站在道德制高点俯瞰着一切,你自以为是地觉得你是为了他好,事实上,晚晚,你这是自私。"

是啊,不仅是他,就连我自己都觉得自私。

"只要他一直不知道,那我的做法就不自私。"我也特认真地反驳他。

似乎是对我没话可说了,他也不跟我争辩什么。只是没过几天,他就把这件事情告诉了季念河。

按照安戈尔的原话就是,晚晚,我跟你是发小,我规劝不了你,可我也知道一个人带孩子会很辛苦,所以我把这事儿告诉了季姐,她答应我不告诉谢沉,我只是想让她给你"科普"一下一个女人独自带着一个孩子有多么辛苦。

季念河素来是个雷厉风行的人,听到这个消息之后,连夜就从南京飞来了深圳。

"走,跟我回南京!"她见了我就上来拉我的胳膊。

"我不回去,回南京我住哪里?我宁可回云城,也不想回南京……"

"你以为你回云城,谢沉就找不到你了吗?"季念河回头看我,一双好看的眸子里满是无奈和焦灼,"我相信你跟谢沉说分手有你自己的苦衷,可是晚晚,谢沉何其无辜,你必须回去跟他说清楚!"她死死地拖拽着我,一副一定要拉着我见谢沉的样子。

我拼命地摇头,赖在地上不肯走。

我说:"我已经决定了,你们不能告诉他!"

季念河见我如此,就威胁我,她说:"你就是不跟我回去,我也会告诉他的,今天我若是走了,明天来找你的就是谢沉!"

我怔住,然后忍不住问她:"那你生下小西施的时候,就没有想过小西施的父亲吗?你说谢沉无辜,那小西施的父亲就不无辜吗?"

我想,若不是被逼急了,我是万万说不出这样的话来的。

我也知道这句话就像一把刀子一样,定然在季念河的心上狠狠地扎了一下,可那时候,除了扎她,我真的无路可走。

季念河愣住了,然后苦笑了一下:"你倒是很会推己及人。"

她沉默了许久许久。

安戈尔和乔婧婧在一旁觉得势头不对,就赶忙让我跟她道歉。

我拗着不肯,而季念河倒是不介意,叹了一口气之后,她把我从地上拉了起来。

"你跟我回南京,我不告诉谢沉,你就在我家住着,我会告诉你一个单身妈妈该如何带孩子、如何生存。"她一双眸子定定地看着我,万分认真地说道。

我那时候也混沌得很,一个人根本不知道该如何带孩子,也根本不知道日后该如何过下去,于是,在季念河跟我保证不告诉谢沉之后,我相信了她。

3.

我跟着季念河飞回了南京。彼时,我肚子里的孩子已快四个月了。

"你怀孕前期要吃清淡一点,这些日子,我来照顾你。"把我带回家之后,季念河对我如是道。

她是个温柔到骨子里的女人,我信任她如同信任我自己。

怀孕养胎的日子注定是枯燥的,季念河怕我一个人出去会被刮到、蹭到,所以一般都让我在家里好好待着,但凡是重活累活一点儿都不让我干。有时候我在想,也就是谢沉跟她关系铁,所以她才能够这样对我,说来说去,我避着谢沉,可得到的福泽,还是因为谢沉。

闲暇时,我会和小西施窝在阳光下的躺椅上一起读书看报,或者窝在房间里的小沙发上玩着各种各样的文字游戏。

因为可爱的小西施,我越发期待孩子的出生。

"老师姐姐,这个孩子的爸爸是叔叔吗?"趴在我身边的时候,小西施歪着脑袋问我。

"是啊。"我摸着肚子微笑。

"可是叔叔不知道是吗?"她若有所思地撇嘴,"我妈妈生我的时候我爸爸也不知道。以前好多孩子欺负我,说我是没有爸爸的孩子,如果叔叔不知道的话,那小弟弟出生以后会很难过的,他明明可以有爸爸,可是老师姐姐你剥夺了他叫爸爸的权利!"

她一句话把我说得愣住了,我都不知道该如何回应她。

"我经常问妈妈,我爸爸是谁,可妈妈从来不告诉我。后来叔叔跟我说,我爸爸是个大科学家,是个大教授,我就信了,只是,我最可惜的事情就是从来都没有见过他。"

"老师姐姐,你不能对这个宝宝这么不公平!"

她突然摇晃我的胳膊,摇晃着摇晃着,泪珠子就顺着脸颊落了下来。

望着突然哭泣的小西施,我有些明白了,为什么那天季念河会那样强硬地要求我跟她回南京,并且告诉我,做一个单亲妈妈很辛苦。

原来,这一层辛苦,辛苦的不仅仅是物质、体力层面,还有内心。

毕竟,等孩子长大以后,你要跟他解释,为什么别人都有爸爸,而你没有。

这一瞬间,我想,我跟谢沉分手的决定是不是做错了。

确切地说,也不是错了,只是,在最不恰当的时候,老天跟我开了一个巨大的玩笑罢了。

就在我躺在沙发上思考人生的时候,季念河突然打开门快步走了进来。她走得匆忙,从房间里拿了个包之后扫了我一眼,目光有些复杂。

"怎么了,是苏城又出事了吗?"我问。

"是谢沉。"季念河苍白着脸开口,"你不在的这段时间,他发疯了一样喝酒,现在又进医院了,我去看看他。你现在不能够动胎气,就在这里待着,哪里也别去。"

我点头,刹那间,觉得自己的腿有些软。

4.

尽管季念河千叮咛万嘱咐,让我别去,可我还是去了。

我裹了一件特大特厚重的、显不出肚子的外套,狂奔着去医院。

说来也巧得很,在医院门口,我刚好就看到了薛浩,他的脸色不大好,身上满是酒气,见了我之后,就开始对我吼:"我让你跟谢沉分手你就真跟他分手了?你们的爱情就这么经不起考验吗?万一他今天出个什么事儿,你是罪人还是我是罪人?"

旁边的一个男人一直在拉着他,但他的怒气丝毫未减:"你要是不滚回谢沉的身边,我就……我就以死谢罪!"

这是我至今为止听过的最糊涂也最矛盾的话。

我知道,这个薛浩跟我一样,是个纠结综合体,也跟我一样荒唐。

我懒得理会他,径直走进医院,匆匆赶到病房里。

谢沉在睡觉,眼睛闭着,但由于疼痛,他睡得并不安稳。

胆结石疼起来是要人命的,这一点我早就在百度里查过。

季念河在办公室跟医生交流着,而我只敢站在病房外看着他。

他瘦了不少,整个人都没有了以前的精神气儿,从深圳回来那么

久了,还是胡子拉碴的,可想而知,这些日子他一直很颓废。要不是那一张脸仍旧可见英俊刚毅的模样,我都认不出那是谢沉。

我在病房门口站了许久,直到季念河回来。

她的脸色很不好看,但是见到我之后勉强扯出一个笑容来。

"没事儿,还是胆结石,你回去休息吧,这边我来就好。"

她的声音并不大,却刚刚好惊动了在里面睡得很浅的谢沉。

他眼睛缓缓地睁开,在看到我之后,嘴唇有一瞬间的轻颤。

他撑着胳膊坐了起来,他力道极大,刚好带动了旁边吊水瓶的架子,我见到那架子快要倒下来,赶忙冲过去扶住它。

我以为,按照谢沉的性子,他会一下子攥住我的手腕,不让我走。

然而,没有。

他猛地推开了我,然后拿东西砸我,让我滚出去。

谢沉从来没有对我那么凶过。

我被他砸蒙了,下意识地护着肚子躲到了墙角,整个人处于一种慌慌张张的状态。

季念河见他还准备砸,连忙一声喝住了他:"谢沉,你给我住手!"然后扶着我走了出去。

我以为在薛浩告诉他我是为了成全他的梦想离开他之后,他顶多就是冷笑着骂我"圣母",冷笑着问我这十年的感情是不是还没有薛浩的一句话重要。却从未想过与他的再见竟会是这样一种情形,我整个人愣住了,觉得谢沉出了什么事情。

"他这样反反复复发作有几次了?"我问。

季念河捏捏眉心:"这个月四五次了,什么也吃不下,今天是最严重的一次,医生给他现在吊着的药水也不是止痛药,而是营养液。

"明天一大早我会带他去做核磁共振,现在看来,胆结石是肯定的了,至于其他因为长期拖延而得的病症还不知道。"

她看上去也是一副疲惫的样子:"你现在回去休息,谢沉的事情我对你没有任何的隐瞒,这个时候,你不能再出问题!"

她特严厉地拍了拍我的肩膀,然后拉着我出了医院给我拦了一辆出租车。

"回去好好休息!"她叮嘱我。

我点点头,只觉得自己手脚发软。

下了车之后,我一时没有忍住,就给来早打了个电话。

"怎么了,姐?"

"没什么,来早,我问你个问题啊,得了胆结石,病情会加重吗?很严重的那种。"

"不会的,一个胆囊,切掉也没有太大的问题。"

"那如果反反复复地发作,有其他问题吗?"

来早顿了顿,似乎感知到了什么,声音变大:"姐,不会是你得了胆结石吧?如果反反复复发作,你一定要去检测一下胰腺,那不是小问题!"

在来早提到胰腺的时候,我才恍惚间想起,那一天在出租车上,那个司机说的话,说当时谢沉捂着的部位不是肝胆就是胰腺……我从

来不知道胰腺是什么。

"胰腺是什么,很重要吗?"我问。

"这么说吧,这个部位很深,在人胃的后面,无论是开刀难度还是重要程度都算得上是外科最大的难题,像我们云城的医院,都没有大夫敢开这个刀。"来早说。

我点了点头,眉头不禁蹙紧了。

挂了电话之后,我觉得我整个人都虚脱了。

5.

我和谢沉的人生就像是从头到脚被淋了一盆狗血,像极了电视剧里的玛丽苏情节,破镜重圆,生离死别。

整整一晚上,季念河都没有回来。

第二天中午,当我再去医院看谢沉的时候,他已经被转入胰腺病房专区了。

说真的,我第一次进入胰腺病房专区的时候,有点被吓到了。

这一层病房里的病人,大多鼻子上插着鼻饲管,腰上别着引流管,做完手术的就扶着个架子在走廊上走,没有做完的就安静地躺在病床上等待医生的召唤。病房里偶尔传来一阵阵换纱布时候的呻吟声和哭声,还没有走到谢沉的病房,我就压抑得想哭。

我突然想起很多年以前,来早执意学医的时候跟我说的话。

她说,那些活得好好的却觉得人生没有希望的人一定是没有生过病。

如果你生过病,去重症病房走过一遭,如果你看到那么多人,明明生不如死却还想着要活,你就会明白,什么人世间的烦恼,都是小事情。重要的是,只要能够活下去,人生没有什么过不去的坎。

谢沉的病房里。

两个医生站在那里讨论着他的病情。

"就目前情况来看,还不是特别坏,怀疑是 SPT 低度恶性囊腺瘤,在胰头上,现在已经有三公分大了,如果要动手术的话还有希望,如果不动的话,它也不可能痊愈的,你只能够日复一日地疼下去。"一个医生说。

"你不能因为害怕在手术台上出问题而放弃手术,这是对生命的不尊重。"另一个医生说,"而且国内 SPT 的案例很少,五年复发率如何谁也不知道。越早做越好。"

"你们先出去吧,我再想想。"谢沉斜躺在病床上,淡淡道。

闻言,那两个医生摇摇头,叹息着走了出去。

我站在病房门口怔怔地看着他。

谢沉的余光瞥到我,情绪倒是没有像昨日那般激烈,只是无悲无喜,像是在看一个陌生人一样。

季念河给我拉了个凳子让我坐下,就开始劝起了谢沉。

"谢沉,我最后跟你说一句,你这个手术做也得做,不做也得做。

"你不就是怕立刻死在手术台上吗?医生说了,你上手术台死的概率很小,哪怕最后是癌了,你也能够活着,可如果,你不做,一年,

你不超过一年就会待在云城的那个小盒子里,被深埋于地下!"

季念河的话说得特狠,意思也特清楚。

"低度恶性"意味着一半好一半坏,具体的要看手术切出来病理检测的结果。可如果不做,低度恶性转化为恶性的可能性则是百分之百。

我的一颗心突突地跳着,谢沉的母亲当年就是因为癌症死在了手术台上,那时候她只是早期,如果不是由于手术的失误,她或许还可以再活个几年,可是后来,什么都没有了。

"可我现在不疼了,我只想出院。"他蹙着眉头,对于季念河的说辞颇有些不耐烦。

"你做梦吧,多少人等着这一张床位,你就出院?你脑子坏掉了?"她痛斥他,然而他却并不听。

季念河被他气得不轻,也不理他了,拿着包就走了出去。

偌大的病房里只剩下了我和谢沉两个人。

"你去做个手术吧,不然谢叔怎么办?你是他一手带大的孩子,你这样决定对他不公平。"我坐在他旁边小心翼翼道。

早在之前,我就想好了,今天他无论是要唾弃我,还是砸我打我,我都忍着。

然而他垂眸,一句话都不说。

窗外的阳光透过玻璃照进来,落在他的身上,是无边的美好。那张刚毅无比的脸庞虽然瘦了不少,却仍旧英俊,眉眼仍旧好看。

我心上的那个少年,哪怕受着病痛的折磨,也是美好而耀眼的。

时间一分一秒地过去,病房里安静得可怕。

  过了许久,谢沉突然回过头来,他蹙着眉头小心翼翼地将手搭在了我的肚子上。

  "他多大了?"

  "四个多月了。"

  "你想留着他吗?"

  "我不留着他,我还回来干什么?"我苦笑了一下,手轻轻地握住了谢沉的手,眼泪就落了下来,"你看,这个孩子来得多巧啊,在我一直觉得我拖累你的时候,在我一度觉得我们两个完了的时候,他来了。

  "亲爱的,你看,我们跨过了四年的不平岁月,打败了灰姑娘不配跟王子在一起的舆论,我们过五关斩六将,终于,到了这一天,你就不能为了我们活下去吗?"我的声音很轻很轻,眼泪却是簌簌地往下落着。

  在这之前,我从未想过有一天,我会跟爱的人有生离死别的这一出,在这之前,我更没有想过,谢沉的身体会差到这个地步。

  我想,山长水远,如若给我未来的几十年许个愿望,那就只有一个,我要我的少年好好地活着。

  谢沉并没有答应我,而是冷笑了一下,那张苍白的脸显得格外悲戚。

  他问我:"晚晚,你还相信爱情吗?"

  我愣住,抓着他的手说:"我相信。"

  他摇摇头,一把甩开了我的手,眼睛里是一片迷蒙,喃喃道:"我不信了。"

他嘴角的笑意很涩也很苦,一双漆黑发亮的眸子盯着我,带着一丝的绝望和无助,让我的心猛地抽了一下。

他轻声说:"打掉他吧,这对他不公平。"

我的心"咯噔"了一下。

尽管在来这里之前,我一直告诉自己要冷静,可是在他说出这样的话的时候,还是忍不住暴发了。

我站起来,一边哭,一边对他吼。

我说:"谢沉,老娘怀的是你的孩子,也是我自己的,凭什么你说打就打?我偏不,你要是敢死,我就教我们的孩子斥责你、唾弃你,让他看看不负责任的父亲!"

我想,我当时可能是魔怔了,不然不可能什么话都能说出来。

我想,他也是魔怔了,不然不可能下一秒就立刻扯住我的胳膊,拔掉针管,带着我去了民政局。

6.

拍证件照,盖章,领证。

不过就是短短半个小时的时间,而我却觉得恍若隔世。

出了民政局的时候,望着谢沉那高大挺拔的背影,我特想问他一句,你是不是害怕自己会死,所以特地跟我结个婚,想把名下所有的房子、车子、存款都给我?

但这话太残忍,我终究没有问出口。

谢沉出院了。

他拒绝治疗，拒绝手术，并且让我从季念河的家里搬出去，到他买的房子里去住。

我每天都特心慌，他胰腺上的那个小肿瘤就像是一个定时炸弹，我们谁也不知道它什么时候会爆发。但谢沉每天都表现得很坦然的样子，一副自己早已经没有了病痛的状态。

我打电话给季念河，说："他这样真的没事儿吗？"

季念河叹气，然后说："他的身体他自己清楚，如果严重到一定地步了，他会去医院的。至于手术，我在想，或许等孩子生下来，他看到了孩子，看到了希望，就会同意手术了。"

我又说："可孩子还有五个多月才会生，他这样拖下去没问题吗？"

季念河安抚我："他对手术的排斥感太强了，现在只有孩子出生后才是希望。"

我点头，挂断了电话。看着厨房里谢沉忙碌的身影，我陷入了长久的沉思中。

这段日子，他虽然说的话越来越少，可是特别想要做一个好父亲，每次出去的时候，他都会买很多小孩子的玩具回来，从奶粉到婴儿床再到各种小鞋子、小衣服，他把它们当成宝贝疙瘩一样放置在楼上的一个小房间里。

很多个晚上，我在睡梦中醒来，发现他不在我身边的时候，都毫无意外地会在那个小房间里找到他。

他每次都是蹲在那里，拿着个小娃娃摇啊摇。

每当这时候我的心口都一阵发疼，捂着嘴想要哭却极力不让自己

哭出声来。

我知道,比起那些完完全全没有希望的人,我们还是幸运得多,至少,没有人给我们下死亡通知书,只要他肯迈出那一步,一切都是好的。

怀孕六个月的时候,沈溯之带着一堆东西来谢沉家看我。

上一次见他的时候是在街边,那时候他为了苏城的事情哭得那么伤心,还那么狼狈,而现在倒是好多了,虽然再也没有从前的精英样儿,但穿着一件简单的T恤,看着也是阳光、干净。

彼时,谢沉刚好出去给我买孕妇餐。

我好久都不曾出去逛了,本是准备一个人去拜佛的,刚好他来了,可以陪陪我。

"你肚子这么大了,去拜佛方便吗?"

在我提出了邀请之后,他摩挲了一下手掌,然后小心翼翼地问我。

"佛祖会庇佑我的,自然方便。"我笑了笑。

自打怀孕以来,我把《心经》抄了不下几百遍,人在空闲的时候就容易乱想,抄抄佛经倒是能够让心变得轻松自如得多。

沈溯之笑:"我记得你从前不信这些。"

我挑眉:"那你一定是没有听过一句话。"

"什么?"

"君若心存无力事,自懂佛前跪拜人。"我冲他眨了眨眼,然后苦涩地一笑。

大报恩寺前,我和沈溯之两个人买了香烛在佛前拜了三拜,起来的时候,一阵阵清风从不远处的山间吹拂过来,我抬头,刺眼的阳光让我下意识地去遮住眼睛。

"苏城去苏黎世了,上次苏因来医院看过她之后,她的抑郁症竟然神奇地好了大半,我心安了不少,往后半生我都会在苏黎世寻找她。你呢,晚晚,你会一直守着谢沉吗?"他在一旁站定,然后问我。

我站在山前,眺望着山壁上镶嵌着的佛像,然后笑了笑。

"我会的,只要他给我等的机会,我会一直守着他。"

沈溯之笑,一双眸亮晶晶地看着我。

他用手轻轻地揉了揉我的头发:"三哥还记得你七八岁时候的模样,明眸皓齿,言笑晏晏,没想到一转眼你就长这么大了,真好……"他话锋一转,声音骤然变得有些沙哑,"三哥曾做错过一件事情,一直都没有告诉你,但是今天,三哥必须说。"

"什么?"我问。

"以前我被仇恨蒙蔽了双眼……我父亲把我母亲名下的房子转给你母亲的时候,我特想报复你,所以那一天在你去酒吧的时候,我给你下了药。"

"你知道吗,那一天三哥差点就酿成大错了,是谢沉过来带走了你。那是我第一次见到谢沉,他十七岁,眉眼却锋利。他特冷静地看着我,然后告诉我,他会好好护住你,任何人伤害你,他都绝不允许。"

沈溯之眼眶泛红,将手搭在我的肩膀上。

他语重心长地跟我说:"晚晚,这个世上,任何人都会欺你骗你,但只有谢沉不会。而你,一直都是那一把刺伤谢沉的刀。"

阵阵清风在我的面上吹拂着,在沈溯之说完这段话之后,我觉得自己的心空了一下。

正如薛浩对我吼的时候说的那样,你永远也不知道他在背后为你付出了多少。

从大报恩寺回家的路上,赶上学校放学高峰期,我透过车子的挡风玻璃往外看,刚好看到了一个十五六岁的姑娘和一个十五六岁的少年走在一起,他们走得很慢很慢,少年背影笔直,而小姑娘则蹦蹦跳跳,马尾辫一甩一甩的。

他们的样子,像极了很多年以前的我和谢沉。

一瞬间,我的眼睛有些湿润。

如果时光可以重来,如果一切可以回到那时,我一定不会让那个眉眼冷峻的少年在一段感情里隐忍到孤立无援,我一定会在他说着要保护我的时候,第一时间抱住他,告诉他,谢谢你,不问回报地念了我那么多年。

第十四章

答应我，

早安午安晚安，平平安安

morning ♥

我始终觉得，我跟谢沉之间百转千回，到最后，合该有一个好的结局。

——晓晓♥

1.

那一天拜完佛之后，沈溯之便订了去苏黎世的机票。他要追着他梦中的女孩儿而去，他说，哪怕踏遍万里河山，他也要找到她。

尽管我知道，哪怕沈溯之找到了苏城，他们也回不到从前了，不过，世间万事到了最后都会有一个最好的结局，他们如此，我和谢沉也该是如此。

肚子里的孩子一天天地长大，而谢沉在好久不曾去医院吊水之后食欲渐渐地消退了，有时候他会强迫着自己吃一点，但是吃完之后就会去洗手间里面一阵吐。胰腺是消化器官，他长久地忽略它的痛，它自然很难再运作。

这段时间，谢沉又瘦了不少，我每次看到他去吐的时候都会去劝他，但他从来都不听我的。

有一次，我看他吐得特难受，我就急了，拿着个水果刀就指着自己的脖子对他吼："谢沉，你到底要怎样？你要是不要命了，你要是再不去医院，我今天就跟你一起死，大不了一尸两命！"

我想，我当时也真是气急了，不然如此惜命的我一定说不出这样的话来。

谢沉的脸色沉了下来,满脸阴沉。

"把刀子给我!"他的声音很凉很凉。

我执拗地握着刀柄,由于气得有些颤抖,那刀尖不禁在脖子上轻轻地划了一下,一道血痕出来的时候,谢沉的脸色骤然变得特难看,眸子也一下子变得猩红。

"楚归晚,你非要跟我对着干是不是?"他先是对我吼,吼着吼着,就有泪落了下来。

那是谢沉生病以来第一次在我面前哭,他这人坚强得很,从前跟我吵架的时候哪怕是红了眼也从来不允许眼泪落下来,病痛发作的时候忍到手指发颤也不曾哭,可是这一次,他没有控制住。

他对我吼:"如果我去医院了,你怎么办?别的女人生孩子都有丈夫陪同,只有你是一个人,一个人产检,一个人生活,一个人吃饭,你不心酸吗?"

我把刀子扔了,上前抱住他。

我跟他说:"谢沉,你哭什么,我不心酸啊,只要你在,我心酸什么?"

他却仿佛听不懂我说的话一样,一遍一遍地在我的耳边重复:"如果我不在了,你怎么办?"

是啊,如果他不在了,我怎么办?

我死死地抱住他,痛哭失声,也一遍一遍地跟他重复,你不会不在的,不会不在的。

……

后来的很长一段时间里,我常常给来早打电话。

其实,我只是想要问问来早作为一个医生对于胰腺病饮食的建议。

问的次数多了,来早就察觉出了不对劲儿。谢沉的病并没有告诉家里人,但是来早猜了出来,并且质问了我。

在她质问我的第二天,庄洲和她便来到了我们家。

"每天疼不去手术?"来早听了我的描述之后,直接冷笑出声。她一向温柔善解人意,这一次,却气得差点没把杯子给摔了。

"媳妇儿,很严重吗?"庄洲见来早神色不对,声音也有些抖。

"知道乔布斯怎么死的吗?胰腺癌!"她气得发抖,"SPT 肿瘤的五年复发率至今不清楚,可到底还没有到癌症的地步,他再拖下去,你们就可以直接给他买棺材了!"

闻言,我的腿又软了。

刚好谢沉从楼上下来,听到来早的话,似笑非笑道:"你们说要给谁买棺材?"

谢沉这人平日里看着就比旁人严肃,来早自小就怕他,一般谢沉在的时候,她都不敢多说话,可是今天,她却指着谢沉的鼻子说:"给你!"

谢沉脸色突变,眼角微微下沉,也不反驳她,只是坐在沙发上,将我揽在了怀里,然后一副痞里痞气的嬉笑样儿:"你们看我这个样子像是需要棺材的人吗?我活得好好的,什么都不需要。"

似乎是为了证明他现在很好,他还笑着吧唧一口亲在了我的脸上,然后特骄傲地对来早和庄洲说:"你们看,我这么轻松愉悦,哪里像

是生病的样子?"

空气都静止了。

我们四个自小相识,谁又不了解谁的底细?

平日里的谢沉又哪里是这样的性子?

"天下医生管天下病人,谢沉,你是我姐夫,小时候我怕你,长大后我仍旧怕你,可有一点,你不遵医嘱,你会吃大亏的。"

将手上拿着的杯子重重地掼到桌子上,来早也懒得跟谢沉说什么了,拿起包就走了。

庄洲叹了一口气,意味深长地看了一眼谢沉之后,就赶忙追上来早。

"你这样,只会让亲人痛。"我说。

谢沉摇头,没有说话,扔下一句"有事儿叫我",就又自顾自地上了楼。

我望着他日趋消瘦的背影,第一次开始觉得,爱也是一种负担。

2.

怀孕八个月的时候,乔婧婧和安戈尔抱着他们的孩子来了一趟南京。那娃娃白白胖胖的,像极了小时候的安戈尔。我看着很喜欢,谢沉也看着很喜欢,他把那个孩子抱在怀里,不停地用手逗着孩子笑,后来孩子笑了,他也笑了,笑弯了唇,笑出了眼角的细纹。

"他叫什么名字?"谢沉问。

"安小乔。"安戈尔抢着答。

"安小乔这个名字好,第一次听说有男孩子叫小乔的。"谢沉笑。

"那晚晚你肚子里的这个孩子想好叫什么了吗？"乔婧婧过来摸我的肚子，然后问我。

我静静地凝视了谢沉一眼，谢沉也静静地凝视了我一眼。最后，我笑了笑，说："这个孩子，我想叫他'谢无憾'。"

谢沉眸子垂了垂，眼底的神色分辨不清，而乔婧婧却一下子激动了起来："你孩子咋不叫花无缺呢？这样刚好，我可以给小乔取个小名，叫小鱼儿！"

她一双"卡姿兰大眼睛"里泛着亮光，一看就知道，她又开始想入非非了。我忍不住像小时候一样上前去捏住她的脸颊，然后告诉她，你清醒一点。

而她也似乎忘记了我还怀着个宝宝，在我捏了她的脸颊之后，下意识地在我的肩膀上重重打了一下。

她的力气其实并不算大，但是我一时没站稳，后退了两步之后就直接坐到了地上，再之后，我就觉得有血从我的身下流了出来。

当时，我就蒙了。

后来，场面混乱无比。

再后来，我就被救护车弄去了医院。

有那么一瞬间，我觉得自己特像电视剧里面的恶毒女配，明明人家没用多大的力气，我却偏偏要倒在地上。

去医院的路上，谢沉紧握着我的一只手贴紧他的脑门儿，而乔婧婧则是握着我的另一只手一直在委屈巴巴地忏悔。

他们每个人都忙碌极了。

只有我像个傻子一样,在心里傻乐。

我知道我约莫是要早产了,但我一点儿都不难过,因为我清楚地知道,只要这个孩子生下来,谢沉就能够去做手术了。

"亲爱的……你不要难过……我很开心。"我望着握着我的手、满脸紧张的乔婧婧,苍白着脸安慰道。

乔婧婧暴哭着敲了一下我的脑袋:"你脑子坏掉了啊!都早产了你开心个屁啊!"

我扯出一个笑容来,说:"当妈妈的人了……你能不能别说脏话……"

乔婧婧不理会我,只是紧握住我的手,继续委屈巴巴地落泪。

倒是谢沉,始终一副虔诚地祈福的模样。

我将手从他的手里缓缓地抽了出来,特认真地看着他。

我说:"谢沉,你别忘记,你答应我的事情……等明天,明天你看完孩子,就去做手术好不好?"

他状似无意地眨掉眼角的泪花,然后冷笑:"你先别说话,顾好你自己的身体,我知道要去手术!"他一面说着,一面伸出手来强行遮住了我的眼,"你闭眼休息,省点力气,听见没有!"他语气粗暴,动作却很轻柔很轻柔。

我没有拨开他的手,只是忍不住轻轻地攥住了他的衣角。

从救护车上下来,被推进手术室之前,他牢牢地攥住了我的手:"答应我,母子平安。"声音有些发涩。

我苍白着脸笑了笑,捏了捏他的手心。

我说:"你答应我父子平安,我才能答应你。"

他扭过头去,松开了我的手,在我一片模糊的视线中,留给了我一个冷峻的侧脸。

3.

二〇一二年七月初七,谢无憾出生了,是个长得特丑的小女孩,一张脸挤在一起皱巴巴的。谢沉抱给我看的时候,我简直不想承认这是从我肚子里出来的孩子。

"好丑啊!"我嫌弃。

谢沉乐了。

第一次做父亲的他抱着个孩子有些手足无措,尽管如此,看到无憾笑的时候,他还是乐不可支。

乔婧婧说,不是所有的小宝宝出生就会笑的,但是我们的无憾,出生的时候虽然像个小老头一样丑了点,但一来到这个世界上就笑了。

乔婧婧称这是好兆头,并扬言要和安戈尔多赚钱娶我们的小无憾做儿媳妇。

望着他们满是笑容的脸,我也无法再嫌弃小无憾长得丑了,只是开始希望,时光就停留在这一刻,永远不要走动。

躺在床上一直嗔怪的妈妈,抱着孩子乐不可支的青年爸爸,还有两个忙着认亲的好友,怎么看怎么都是一幅其乐融融的画面。

我在想,有时候啊,人的幸福就是这么简单。儿女绕膝,朋友成群,爱人体贴,还有什么能够胜过这些呢?

我的眼睛忍不住湿润了。

兴许是因为小无憾的出生,这几日谢沉的精气神好得很。虽然我跟他说让他在无憾出生后就去做手术,可每次看到他抱着无憾的那个开心样儿,又实在不忍心打断他。

我以为等到再过四五天,他就会特别积极地去做手术了,那时候刚好我能够下床走动了,我可以去照顾他。

然而,让我没有想到的是,谢沉消失了。

那个就在前一天还趴在我的病床前说要陪我跟小无憾一辈子的人,竟然就这么走了。

我特生气,也特悲愤,觉得谢沉欺骗了我,他就是个骗子,以至于在他消失之后的三天里,我都在拼命地给他发短信。一开始,我特粗暴地给他发:"如果你再不回来,我就带着小无憾去找个糟老头子嫁了!"

再后来,我给他发:"你再不回我,我就告诉小无憾,她爹是个懦夫!"

再再后来,我实在是没有什么胁迫他的心思了,只好不停地给他发:"你快回来,你快回来……"

可是,尽管我不停地给他发短信,也尽管那些信息也一直显示已读,可是,久久没有回音。

我怎么也想不明白,为什么我们都走到这一步了,他还是要走……

出院的前一天晚上,我做了一个很长很长的梦。

在梦里,一个眉眼冷峻的少年牵着我的手一直走,一直走,走过了千山万水。这一路上,我时常因为一点小荆棘就放开少年的手,可是,每一次,他都能够准确无误地找到我。然而,就在我们以为我们终于走到了尽头,望见了那座属于我们的城堡和彩虹桥的时候,他却突然松开了我的手,然后没有一点声响地转身离去。

我哭醒了。

我一直叫着谢沉的名字,却始终没有人回应我。

4.

我消沉了好久。

抱着小无憾回到和谢沉的住所之后,我一度想要去他的宝贝书房里一通乱砸,然而书房的门被我打开后,我整个人都傻眼了。

书房中央被放置了一个烧得漆黑的火盆,火盆里散落着好多照片、文稿。

书桌上则安静地躺着一封信。

我迈着大步子走上前去,下意识地先拿起那封信。

信封上是我的名字,晚晚。

只是"晚晚"这两个字上面又多了一个"吾妻"。

人逃都逃走了,还搞什么浪漫?

我苦涩地扯着嘴角,暗恼这人的荒唐、可笑,可是,将信纸打开后,视线却不禁迷蒙了。

小无憾她娘：

当你看到这封信的时候，我一定已经走了。

我知道以你的性子一定会先悲痛一段时间，悲痛过后，一定还会去我的书房想着砸我的东西泄愤。

没关系，你恨我打我都可以。

但请你原谅我的软弱。

人这一生总有害怕面对的东西，其实我没那么怕上手术台，我也没那么怕死，可我怕你亲眼见证我的死亡的时候你会难过。我怕有一天，你被别人称作是谢沉的未亡人的时候，你会孤独无助地哭出声来。

正如五年前你离开我的那无数个日日夜夜，我每天脑子里想的都是，你一个人该怎么办，没有我，你该怎么办。

我怕你被人骗，被人欺。我怕当别人都有丈夫陪伴而你没有的时候，你会觉得心酸难过。

这些话，我极少对你说。

甚至，这么多年，我给你留下的都是冷漠的身影。

其实，这么多年，我都把你当成我心中最宝贝的公主，我想为你建造一座没有风雪的城堡，我想把你带到一个没有伤害没有欺骗没有背叛的地方，我想给你一个家，我们安安稳稳地过一辈子……

可是，我不知道做得到做不到。

如果，我是说如果。

如果我死了，楚归晚，你不许哭，你要笑。你哭起来的样子真的

太丑了，我想，我泉下有知，也会嫌弃你的！

还有，我收回前面的"未亡人"这句话。

如果我死了，你就是自由的，我的房产、钱财、车都给你做嫁妆，你要给我风风光光地嫁出去！

谢 沉

"去你的风光大嫁！"

看完信后，我只觉得荒唐无比。

我把信当成是谢沉本人，撕了个粉碎，可是当那纸片一片一片落到地上的时候，我心里又有些难过，抹了一把泪，我又蹲下身，把纸片一片一片地拾捡了起来。

那最后一片纸片刚好落在书房中央那个烧得漆黑的铁盆子里，我把它小心地拣出来，余光刚刚好就瞥到了那铁盆子里面的其他东西。

一沓被烧毁的我们在一起言笑晏晏的照片。

十几个熄灭的烟头。

还有一张写了字的纸。

我迟疑了一下，拿出那张纸，上面是他用力写下的字：一生一代一双人。

那"双"字已经被烧掉一部分了，只剩下六个完整的字，"一生一代一人"像是在示威一样在我的面前跳跃着。

我蹲在那里，拿着那些碎纸片、碎照片，眼泪就那么落了下来。

我能够想象到,谢沉当时站在这里抽着烟把这些我们当年的回忆一寸寸地烧尽的时候,他的绝望。

应该就跟此时此刻,我看到这些东西的时候一样心如刀绞。

我忍不住像个孩子一样号啕大哭。

我一边哭,一边对着那堆纸片和照片吼:"谢沉,我不会变坚强的,没有你,我坚强个屁!你最好给我早点回来!"

那一瞬间,我特希望那些纸片、照片变成冰心笔下的纸船儿,能够把我的话一直传达,传达到谢沉的梦里。

告诉他,没有他我真的会绝望。

哀求他,不管怎样,请为了我撑下去。

在谢沉的书房里看完信后,我将自己关在了家里再也没有出去过,很长一段时间,我不接任何人的电话,怕光、怕与人交流、怕小无憾哭。

明明知道这个地球离开了谁都照样可以转动,可是,在谢沉离开之后,我仍旧是难过害怕得要命。

我害怕,害怕有那么一天,自己突然接到一通电话,说谢沉死了,那我想,我可能会疯掉。

我就像是一只彻底颓废了的考拉,每天窝在沙发里,除了喂小无憾吃东西以外什么也都不知道做。

直到季念河来看我,并且把一杯凉白开给狠狠地泼在了我的脸上,我才算是大梦初醒。

"楚归晚,你看看你现在这个样子!谢沉要是知道了,他该有多

难过！"她恨铁不成钢地看着我，然后薅着我的手臂就把我给拽到了洗手间里。

我狠狠地抬起头，就看到镜子里自己的脸。

眼窝深陷，原本婴儿肥的脸渐渐地变得瘦削，短短半个月的时间，仿佛老了十多岁。

"且不说谢沉如今还没有死，就是他真的死了，你已经是一个孩子的妈妈了，你也不能就这样消沉下去！"她言辞非常犀利地教训着我。

萎靡的我听到那个"死"字后，整个人都不好了，顺着洗手台滑到地上。

我捂着脑袋忍不住喃喃道："'死'这个字跟谢沉无关，跟他永远都没有关系……永远都没有……"

我想我可能是魔怔了，不然也不至于一直碎碎念着这句话。

季念河心疼地看着我，一时之间也红了眼眶。

她蹲下身子，直接抱住了我，声音也有些发涩："谢沉不会死的，不会死的，是我说错了……"

她不停地拍打着我的肩膀，像是安慰一个孩子一般。

不一会儿，她话锋一转，又带着些许叹息的意味："可是，晚晚，你爱他我知道，但我希望你能够更加爱自己还有小无憾。你看，小无憾还那么小，她那么可爱，父亲生死未卜，母亲又不管她，万一过几天谢沉回来了，他看到你和小无憾都那么瘦弱，他该有多自责……"

她的声音很轻很轻，却像是一把刀子狠狠地扎在了我的心里。

是啊，如果有一天谢沉回来了，他看到这样的我们，该有多自责……

那个嘴硬心软默默隐忍的男人，一定会觉得这都是他的错……

视线有些模糊，我默默地站起了身，朝小无憾走去。我把她抱在怀里，惊觉这个丫头这几天瘦了不少，也轻了。

我以为在我抱起她的时候，她会哭闹，可她没有，她就那么静静地看着我，一双眸子黑亮黑亮的，眉头还蹙得紧紧的，那样子像极了谢沉。

我望着小无憾，觉得她简直就是谢沉的翻版。

也就是这一刻，我开始觉得，我活着还有意义。

正如，我始终觉得，我和谢沉之间的故事千回百转，到最后，上天合该给我们一个好的结局。

5.

这一年的暑假过得格外漫长，谢沉出走之后没有任何消息。

我从一开始的绝望无助已经变成了渐渐平静，从孤影自怜变成了带孩子买菜。

季念河对我说，晚晚，谢沉最想要看到的是阳光开朗而又明媚的你，你若是真的爱他，那你就要先茁壮成长起来。

是啊，我觉得她说得有理，所以我开始学习着如何带孩子如何做菜如何收拾家里。

我想着，等有那么一天，他回来了，我可以特兴奋地告诉他，谢沉，你看，我长大了，我已经成为一个标准的家庭主妇了，我什么都会，你要为我骄傲为我自豪。这样我才可以给你一个家。

八月,仍旧没有关于谢沉的电话打来,不过,许久不曾找我的陆小樟倒是破天荒地打了个电话给我。

"晚晚,我在机场,我要去意大利了,下午四点的飞机,你要不要来送我一程?"电话里,他如是说。

我点头:"好。"

这几年,陆小樟的生意是越做越好了,前几天才听乔婧婧说陆小樟要到国外发展新兴产业。我还以为那只是在计划中,却从未想到会这么快。

机场安检口,陆小樟穿了一件灰格子的西服站在那里等我。几年前,我送给他的那一根拐杖已经被他换了,取而代之的是一根崭新的、把手处镶金的拐杖。他还是从前那副温柔到死的模样,只是有些东西,终究是不一样了。

"晚晚,很高兴你今天能来送我,我原本还以为你不会来了。"他狭长的丹凤眼眯起来,望着我淡淡地笑。

我也笑,笑着拍打他。

我说:"好兄弟要出国发展新事业怎么能够不来呢,虽说不能以千金相赠,但好歹我这过来一趟,也算是给你送行了。"

陆小樟轻轻地扯了扯嘴角,然后笑开了:"其实我这次也不仅仅是为了出国发展新事业,主要是其中一个项目合伙人跟我挺对路子的,她刚好有去意大利安家落户的心,我也就想跟着她去了,毕竟今年我

也不小了,该成家了。"他说这话的时候言语里带着些揶揄的意味,"你看看,你和乔婧婧、安戈尔,你们都结婚了,就剩我单着,我这算不算大龄剩男?"

我抿了抿唇,听他这么说的时候,心中蓦地泛起一股苦涩来。

我抬头看着他,轻声道:"我很抱歉耽搁了你这么多年。"

陆小樟笑,然后把手指轻轻地放在唇上。

"别这么说,晚晚,谁年少时没有个一厢情愿,那是我的青春,我觉得值得。"他微笑着,一双眸子亮晶晶的,似乎是想起了什么一般,他从怀里面取出了一个印着经文的类似于平安符的东西递到了我的手里,"这是我前些日子去拜佛的时候求来的,知道谢沉的事儿就给你求了一个,我们的晚晚这么好这么可爱,嫁的人也会有老天保佑。"

我对着他淡淡地笑,心里面觉得宽慰,只觉得自己算是幸运至极,遇见的都是好人。

我们谈了很久很久,从幼年时的相遇一直聊到大学时候的趣事,似乎是要把从前的岁月都给聊尽了,我们之间,还是跟当年一样,无话不谈。

临别的时候,他问我:"晚晚,我可以抱抱你吗?"

我犹豫了一下,然后点头。

他上前来抱住我,然后在我的耳边轻轻地笑。

他说:"晚晚,我不曾输给谢沉,我只是输给了你们之间深笃的岁月。"

话音落下之后,他头也不回地走了。

　　每个人的心里都有一座令他伤心的城市,我想,南京不是一个让他如愿的地方,但或许意大利是。

　　望着他如从前一般沉稳笔直的背影,我在心里面忍不住默念,我亲爱的老友,愿那遥远的国度里能有一人爱你就像爱生命。

　　送完陆小樟之后,在我准备走出机场的时候,碰到了薛浩。

　　他堵住了我的路,一双冰冷的眸子犀利得很,活脱脱像个恶霸。

　　"有夫之妇跟别的男人抱在一起,楚归晚,你这个样子对得起谢沉吗?你真叫人恶心!"他态度倨傲而又轻蔑,一副"你就是红杏出墙了"的样子。

　　我忍不住白他一眼,以前差点拆散我和谢沉的是他,如今跳出来觉我对不起谢沉的也是他,这人还真是自相矛盾。

　　"我跟谢沉的事情什么时候轮到你管了,你给我让开!"

　　"谢沉是我好兄弟,过命的生死之交,他的事儿就是我的事儿,你这样做,人人得而诛之!"他特不客气地对我吼。

　　我冷笑一声,恨不得把谢沉写给我的信拿出来给他看。

　　"你的生死之交说了,他的房产、车子以及账户下一切的钱财都是给我做嫁妆的。别说我没事儿,我就是跟别的男人真有事儿,那也是他允许的!"

　　说实在的,我说这话的意思就是为了刺他,就是为了看他暴跳如雷。

　　拿谢沉的钱当嫁妆这事儿我是万万做不出来的,薛浩却当真了,并且真的急了。

他扯住我的胳膊,一副不死不休的架势。

"楚归晚,谢沉还没死呢,你就想着改嫁。我当时果真没有看错你,你这个水性杨花的女人!"他怒骂我,"谢沉在上海医院九死一生,你却在这里玩弄感情,我一定要去告诉他!这世上怎会有你这样恶毒的女人!"他气狠了,口不择言。

而原本准备甩开他离去的我,却骤然怔住,脚步像是灌了铅一样,动弹不得。

"你说什么?"我问。

"我说这世上怎会有你这样恶毒的女人!"

"前一句?"

"我说谢沉在上海医院九死一生,你却……"说到这里,他骤然住口,脸色一下子变得不大好看。

我抬眼望着他,看到他越加发青的脸色,一下子就明白过来了。

那个我心心念念的人在上海的医院躺着,他没有死,他好好的……

我忍不住扯着嘴角笑了,可是笑着笑着,眼泪就落了下来,这算是喜极而泣吗?

番外一
一生一代一双人

和乔婧婧一起去上海医院找谢沉的那一天是八月初八,我特地在怀里面揣了一个小皮鞭,扬言要把谢沉打得他爸都不认识,并且要他跪下唱《征服》。

乔婧婧特嫌弃地看着我。她说,晚晚,你是不是这段时间被他虐得太惨了,所以有点变态了。

我贼兮兮地看了她一眼,我说,因为太爱了所以就变态了。

是啊,如果不是因为我太爱他,在来之前,我又怎么会想到千万种要把他揍趴下的方法呢?

天知道当薛浩告诉我,他在上海、他治好了、他活着的时候,我那是一个怎样的心情,就像是坐过山车一样,陡然升起,陡然又落下。

"升起"是因为我心目中那个最爱的男人,那个我家娃娃的不靠谱的爹还活着。

"落下"是因为连薛浩这货都知道谢沉活着,就我不知道,敢情在谢沉心里,连那个差点害得我们两个劳燕分飞的家伙都比我有优先知情权。

在去医院之前,我是一直抱有一种让谢沉求生不得求死不能的报复心理的,但事实上,到了那里之后,除了心疼,就什么都不剩了。

什么小皮鞭辣椒水,在见到医院病房里背对着我站立的那个瘦削的男人的时候,就都被我抛到脑后了。

我站在他身后,斑驳的阳光落在他的身上。

他站得笔直,只是头发似乎比以前少了一些,个子也比以前矮了一些,看上去像是一场手术后骤然变老了十多岁的感觉。

我在心里默默地嘀咕了一下,怎么一下子变了那么多。不过,眼前这人是我丈夫、我男人,我不能嫌弃,不能嫌弃。于是乎,我就不管不顾地冲上去抱住了他,一面抱着,还硬是洒出了一把老泪。

我说:"谢沉,你放在手掌心上的大宝贝儿,你的未亡人从南京赶来了上海,你都不看我一眼吗?你对得起我吗?你觉得自己不过分吗?"

我也不知道为什么我哭着说的时候还会带一丝撒娇的语气,总之,按照乔婧婧当时的形容就是,在我说个不停的时候,周遭的病人都用一种特奇怪的眼神看着我,最主要的是,在我撒完娇没有一分钟,一个中年女人就上来一把拉开了我。

"小妹妹!别饥不择食啊!到医院找男人,你想碰谁的瓷啊!"她对我怒吼,并且一把将我刚刚抱住的那个男人拉正了身子,我这才

发现,我抱住的并不是谢沉!

似乎,每次有大场面的时候,就总有一些狗血的事情发生在我身上。

比如这次的错抱事件,也比如很久之前在酒店撞上金刚男事件,总之,每一件事儿都足以让我颜面扫地,羞愤欲自尽。

我不记得我是如何捂着一张通红的脸走出病房的了,只知道,当我羞愤地揉着我的面颊的时候,迎面走来了一人。

他穿着一件条纹的病号服,行动缓慢地扶着走廊的围栏在做着康复训练。尽管他的步伐没有从前那般稳健有力,也尽管他的嘴角没有勾起冷笑,可我还是一眼就认出了他,这才是我要找的那个男人,化成灰我都认识。

兴许是有了刚刚的狗血经历,在确定了眼前的这个人是他之后,我竟然除了手脚颤抖以外,什么都做不了。最后,还是乔婧婧喊了一声"谢沉",他才堪堪回过头来看到我。

我当时也真的是尿得厉害,在他回过头蹙着眉头看我的时候,我的第一反应竟然不是抱他,不是亲他,更不是拿小皮鞭抽他,而是跑。

我不知道我为什么跑,乔婧婧也不知道我为什么跑,只知道,在我堪堪跑出两步的时候,谢沉就迈开大步子追了上来,然后把我给搂住了。

"别走,我跑不快,追不上你……"

刚做过一场大手术的人无法剧烈运动,他声音沙哑虚弱得可怕。

"来都来了,为什么要走?嗯?"他满是胡楂的下巴不住地在我

的脑袋上面蹭着。许久不曾有过的亲昵和熟悉的感觉铺天盖地地向我席卷而来，我的眼眶霎时就湿润了。

我回过头去，忍不住狠狠地在他的肩膀上捶了他几拳。

他脸色苍白，任凭我怎么捶他也不恼，只是在我捶得没有力气的时候突然握住了我的手腕。他一双眸子通红，甚至有了隐隐的泪花。我望着他，他也望着我，我们就是久别重逢的爱人，在历经劫数之后，终于走到了一起。

"晚晚，我好想你……"

他扯了扯嘴角，低下头来吻住我的唇，有滚烫的眼泪落在我的脸上。

我们就这样在医院的走廊上亲吻了许久许久，等到停下来的时候，我忍不住轻声道："谢沉，你哭了。"

"你胡说，分明是你哭了……"他有些别扭，大臂一伸将我揽在怀里面紧紧地抱住，像是抱住了一个稀世珍宝一般。

他在我的耳边轻声呢喃着："晚晚，我做了一个很长很长的梦，在梦里，我被佛祖带走了，你哭着要我回来，哭着说不能没有我，后来我在佛祖面前苦苦地求了他好多天，他说，他这一生最见不得有情人分道扬镳，生离死别，所以，他就把我给放回来了……"

他的眼泪一颗一颗地落在我的脖子里，我把脸埋在他的胸前，有那么一瞬间，觉得自己拥有了全世界。

九月上旬，云城街道两边的梧桐都已然变得金黄，阳光刺眼而又热烈，劳改所的门口，我和谢沉手牵着手接虞拉拉和老楚回了家。

人到了一定年纪,有时候反而会有往幼稚变化的趋势,正如此时此刻,我亲爱的老楚和虞拉拉以及谢叔三个人正为了我和谢沉补办的婚礼是办中式的还是西式的而陷入喋喋不休的争吵中。

"中式的多好,当年我娶你,老谢娶谢沉他妈,不都是中式吗?"老楚振振有词,"我到现在都记得掀你盖头的场景,那时候啊,你的脸红得哟……"

"楚霸天,你给我闭嘴!女儿一辈子就一场婚礼,别人家的孩子都是西式的,还有牧师在场见证,凭什么我们女儿没有?"虞拉拉一个白眼翻过去。

谢叔就只好打圆场:"谁说一辈子就一场的,两场也行啊,大不了离了再办一次呗。"

"你别说话!"

老楚和虞拉拉齐齐吼他。

谢叔表示委屈巴巴,一副"你们二人夫妻同心,齐力断我这个金"的模样。

我和谢沉站在大厅门口,听他们的争吵声只觉得脑袋有些疼,便选择默默地躺在院子里面的躺椅上看天上飘过的流云,感受金秋九月的落英纷飞。

"我是不是傻了,竟然觉得他们这样的吵闹有些幸福……"躺在谢沉的胸口上,我把玩着他的手指,支吾道。

谢沉笑,声音醇厚沙哑:"别说是吵闹了,将来你就是想要打闹都可以……"

我闻言挑眉,轻轻地"咦"了一声,然后一拳砸在了他的脑袋上。

"你看看你,我们的婚礼还没有补办呢,你就准备家暴!"

谢沉无奈地摇头,也不恼,只是把我的小拳头全部收进他的怀里,然后在我的耳垂上轻轻地咬了一口,声音低沉而沙哑:"你看看,平日里都是你对我动手,你既然说我家暴,那我就索性家暴一次……"

"流氓!"

我恨恨道,挣扎着又要打他,却被他搂在怀里面箍得死死的。

金秋的阳光格外好,也格外热烈,他将那张俊俏的脸庞埋在我的肩头,也不知怎的,竟是突然感性了起来,在我的耳边开始一字一顿近乎宣誓一般地呢喃:

"我这辈子的流氓气都用在你一个人身上了,不管怎样你都得接受。

"从前的苦难都已经过去了,我要跟你一生一代一双人。

"此后,我仍旧只护着你一人。"

这最后一句话,他的声音说得格外轻,还带着一丝丝的沙哑,简直就是要钻到我的心里去。

此时此刻,风轻云淡,天上流云舒卷。

我忍不住点头,说:"好。"

番外二
念河

2013年的这个冬天,南国下了一场很大的雪。

我是北方人,鲜在南方看到这么大的雪,便带着小西施坐在院子里面看雪景。这段日子,小西施嘴里面总是念着想念"姐姐,姐姐"。我知道,她口中的姐姐是晚晚。

事实上,一开始,我并不喜欢晚晚,甚至说,还有点排斥她。

这很大一部分原因应该是跟谢沉有关。

我还记得我第一次见到谢沉的时候,那是在一次公演上。那一年,谢沉二十一岁,是那个大型公演的总导演总设计师,在那之前我见过很多年轻的导演,他们平平无奇,没有魄力也没有能力,而谢沉跟他们完全不一样,哪怕是面对一个全然陌生的团队,他也能够把它治理得井井有条,并且还能够把一场原本很普通的公演变得出彩而又有创意。

  他是个天生做导演的人,举止言谈得体大方,为人又冷静斯文。或许是因为我跟小西施的父亲分开之后,我一直都是一个人在带孩子,所以一直比较欣赏这一种有能力的男人。

  算是机缘巧合,也算是有意为之,后来的后来,我跟谢沉成了很好的朋友。我比他要大很多,所以一直把他当弟弟看待。

  那时候我们时常会为了谈电影的项目而去酒吧喝酒,酒吧里面的一些姑娘就总会时不时地搭讪谢沉和他旁边的薛浩,薛浩总是照单全收,而谢沉则永远一副冷冰冰的样子。

  薛浩嘲笑谢沉说,他这是柳下惠,坐怀不乱。

  我也觉得他这是正人君子的表现,甚至一度还想着要把自己的表妹介绍给他。直到后来,我在谢沉的皮夹里面看到了一张准考证,一张女孩子的准考证,准考证上那个姑娘扎着个马尾辫言笑晏晏,一看就是那种古灵精怪的性格,一看也就知道谢沉喜欢她。

  "看不出来,你还是个把女孩子的准考证放在皮夹里面藏得那么深的人!"我时常打趣他,因为在我的眼里,谢沉那么优秀,像这样的男孩子就该是被女孩子追的。

  然而,每每在我拿皮夹里准考证上的那个人的照片去打趣谢沉的时候,他的脸色都难看得厉害,直到一次只有我跟他两个人喝酒的时候,他喝得特别醉了,抱着一棵大柳树就开始叫一个人的名字——晚晚,晚晚……

  他不停地这样叫着,带着无尽的痛苦和哀伤,那样子特难过,也特绝望。

　　也就是那一天,我才知道,原来在一段感情里,像谢沉这样的,竟然是被深深地伤害的那一个。

　　那一天,他抱着柳树不撒手,除了不停地叫"晚晚"这两个字以外,他还特痛苦地质问那棵柳树:"你为什么当年要那么残忍地抛下我,连头都没有回一下,就连你留给我的唯一的东西,那一张准考证都是我自己偷偷地在你高考的时候跟在你后面捡来的。"

　　他说这话的时候带了浓浓的鼻音。那是我第一次见到这样的谢沉,脆弱无助而又可怜,像极了黑夜里面的一只小孤狼。他告诉我,他从前为了掩饰自己的情感对那个姑娘一直凶得很,他担心她遇到坏人,担心她做错事,担心她的一切,所以有那么一次对她的态度就不是很好,他以为她会懂他的良苦用心,但她没有,在一次吵架后,他们一个向南一个向北,就那样分开了。

　　说真的,听到这个故事以后,我当时的第一反应是这个姑娘真是任性而又偏执。

　　我不喜欢她,因为我是谢沉的朋友,一切伤害了谢沉的人,我都不喜欢。那时候,我还衷心地乞求过上苍,让那样一个任性自私满是公主病的姑娘不要在谢沉的生活里出现了,但似乎,我的乞求并没有什么作用,他们还是相遇了。

　　在南京的公安局里,当我看到谢沉勒着那个姑娘手腕的时候,那漆黑的眸子里面泛出的坚定的神色,我就知道,那个人是她了。

　　那是我第一次见到晚晚,当看到她眼里犹豫不决的神色的时候,我只觉得她在欲擒故纵,也只觉得她配不上谢沉,因此本着一种替天

行道的心,我迈开大步子走了上去,并且非常亲昵地挽住了谢沉的胳膊。

令人诧异的是,谢沉没有掰开我。

而她除了眼底浮现出了淡淡的失落以外,似乎也没有什么别的情绪。

我一直觉得谢沉这样的男子该配得上世间最好的女子,我怎么也不明白,谢沉为什么会喜欢上她这样一个平凡的姑娘,直到后来在云城的时候,我看到她为了没能给同父异母的妹妹更好的嫁妆而流泪,我才恍惚间明白了什么。

她是一个至情至性,爱得纯粹,也恨得纯粹的人,这一点,是后来,无论我在社会上,还是在生活中都极少见到的。

所以,慢慢地,我竟然从那个不支持他们恋爱的人,变成了他们爱情最好的助推手。

我巴望着他们好,巴望着他们一辈子快快乐乐地在一起,可是薛浩那家伙却偏偏搞了一个大事情,拿着照片逼着晚晚跟谢沉分了手。而后面很多事情的大转折点也由此开始,在两人大吵一架之后,晚晚发现自己怀了谢沉的孩子,而谢沉则查出了自己长了肿瘤。

有时候,我不喜欢命运的阴错阳差,可有时候,也很佩服命运的阴错阳差,因为,如果不是这样,那两个明明已经分手的人也无法再次走到一起去。

他们明面上还是跟小时候一样别扭,由于各怀心事,他们没有人对对方说过一句"我爱你"。

可是,他为了她,愿意推迟手术的时间,甚至愿意把一切财产都

先转移到她的名下,为的就是万一哪一天他死了,她也能够风光大嫁,不受别人欺凌。

而她,为了他,哪怕是早产生子,也始终笑着面对,为的就是能够让他早一点去手术。

我想,我见过的最好的爱情也不过如此,尽管之后的之后,晚晚因为谢沉不告而别式的治疗而难过了很久,但至少,他们之间是爱的,有爱的一对儿是不怕风雪,也不怕分离的。

很幸运,他们携手跨过了生死的大关。

也很幸运,晚晚不必被称作未亡人,而谢沉也不必担忧他的未亡人会受人欺凌。

正如晚晚时常说的那样,她不相信,她跟谢沉的故事千回百转到了如今会是个悲剧,她觉得,上天合该给她一个好结局。

是的,也确实是这样。这一年的南国下了有史以来最大的一场雪,可我却丝毫不觉得冷,因为我知道,冬天即将过去,后面则是一片和暖的大好春光。

我相信,被爱包围的人,此生无风雪。

番外三
溯之

飞机降落到瑞士的这一天,苏黎世下了一场很大的雨。

我没有带伞,只能够拿着一张报纸挡在脑袋上穿梭于这异国他乡陌生的城市里四处去寻找宾馆。在街边转角的电话亭旁,我隐约看到了一个女人的背影,像极了苏城。她撑着一把江南的骨节伞,穿着一袭红色的旗袍在街边游走着,嘴角噙着淡淡的笑,尽管回转身的时候连一个正脸都没有留给我,我也认得是她,那个我心心念念追逐的,化成灰我也不会忘记的女人。

将脑袋上顶着的报纸给撕得粉碎,在看到她之后,我不顾一切地向她奔了过去。

面子可以不要,里子可以撕掉,在看到她的那一瞬间,我想,即使要我跪在她面前承认自己是个负心人,我也是愿意的,然而,当我的脚步刚刚还差三步之遥就能够赶到她面前的时候,她的一只脚已经

踏上了一个男人的车,那是一个蓝眼睛、高鼻梁的瑞士的男人,在车里向她伸出一只手,她便将芊芊皓腕给递了过去,紧接着,一个转身便浅笑吟吟地关上了车门。

"苏城!我是阿溯!"

"苏城!"

尽管我知道身为一个负心人,我没有任何资格恼恨,也没有任何资格嫉妒,可是站在大雨里的时候,我仍旧控制不住地对那车子不停地喊着苏城的名字。

就像那很多年以前,她跟在我的身后屁颠屁颠地叫我的名字一样,那时候她的声音软糯软糯的,我特喜欢听她叫我,就总是装听不见,想要引诱她多叫几声,我想此时此刻,她是不是在车里也装作没有听见,想要让我多叫几声,于是乎,我站在雨里面,傻傻地叫了她很久很久,一直到那车消失在茫茫夜色中,也不曾有一个人回应我一下。

嫉妒让我在刹那间迷失了心智,在隔壁随意地找了一个宾馆之后,一直说着再也不发信息骚扰苏城的我还是忍不住一下子给她发了几十条的信息。

——苏城,我知道你恼我,你恨我,你厌恶我,可如今,我别无所求,只巴望着你能够回头看看我。

——苏城,我这个负心人知道错了,你跟我说句话好不好?

——苏城,我今天看到你了,那个男人未必是真的对你好,你不要上当。

……

　　信息发完之后,手机处于长久的静音状态,兴许是由于在异国他乡的羁旅之情,也兴许是因为今天见到了苏城,我有些感伤,一米八的大男人躺在床上,就忍不住落泪了。从晚上十点到凌晨五点,有五个小时我都在数羊数星星,还有两个小时,我虽然勉强睡着了,却还是断断续续做了很多的噩梦。

　　我先是梦到二十岁那一年在密度酒吧我和苏城的第一次争吵,那时候她为了晚晚的事情而痛骂我,那是一向温和的她第一次对我动手,一杯红酒把我从头泼下,她特恼恨地看着我,然后跟我说,"阿溯,复仇是一把双刃剑,你伤害别人的同时也害了你自己!"

　　紧接着,我又梦到二十二岁那一年的事情,苏城怀了我的孩子,却被苏因陷害,我那时候脑子迂腐得很,分辨不清什么是真什么是假,就特别严肃冷酷地让苏城去打胎。她坐在房间里面先是哭,哭了好久之后突然跑出来问我,她说:"阿溯,我和你这么多年的感情,你信他们不信我?"那时候的她是一副心如死灰的模样,而我竟是丝毫没有察觉到她脸色的变化,只是仍旧不停地冷笑,并且告诉她,不打胎就别回来见我。

　　画面翻转,我又梦到很久之后在苏城的家里面发生的事情,她一遍一遍地拿着刀子割着自己的手腕,一双原本灵动的眸里写满了心如死灰。

　　在这几个梦里,每一个场景都似乎在说:"沈溯之,我恨你!"

　　我从噩梦中醒来的时候,额头都被冷汗给浸透了,坐起来想一想梦中的场景,惊觉那都是曾经发生过的一件件再真实不过的事情,一

时之间,心也就凉了半截。

也就是在这个时候,手机的提示灯突然亮了起来。

我颤抖着拿起手机,原以为会是苏城,可事实上,却是晚晚打来的。

"苏黎世这几日的天气不是很好,我特地来告诉你,劝你白日里出去的时候多带一把伞,如果找到了苏城姐,还能够分她一把……"电话里传来的是晚晚让我不要多管闲事的声音。

也是,在她的眼里,但凡强求的都不是好的爱情,尤其是像我和苏城这样的,早已经失去了爱的意义,只剩下一下拼命地追,一个拼命地躲。

"如果遇见她,我一定不会追得那么紧的,你放心吧。"我淡淡一笑,然后颇有些苦涩地挂断了电话。

苏黎世的夜晚,一个人未免显得太过孤独了,我站在阳台下点了整整两根烟,直到后来,房间的门还是被人给敲响了。起初,在想起今日被带走的苏城的时候,我烦躁得很,也不想开门,只是忍不住对着门外低吼:"能不能别敲门了,有什么事情大晚上的一定要谈?"

敲门声戛然而止,似乎还带了那么一丝半点的自嘲。

突然,一个女人的声音从门外传了过来:"我第一次知道,原来你告诉我,你想我了,我来找你,竟也是不合寻常道理的。"

她的声音很轻很轻很轻很轻,轻得就像是一片羽毛一样,却有着跟刀子一样的效果,深深地扎在了我的心里面。

我不顾一切地冲到门口,打开门,门口则赫然站着一人。

熟悉的娇小身材,熟悉的旧颜,以及那个熟悉的带着寒冷意味的

笑容。

"你不是上了别人的车?"

我惊讶地看着眼前的小女人,而她却只是笑,像一个从未受过伤害的小天使一般,笑红了眼。